JURÁSICO TOTAL

Papel certificado por el Forest Stewardship Council®

Primera edición: enero de 2019

© 2019, Sara Cano y Francesc Gascó
© 2019, Penguin Random House Grupo Editorial, S. A. U.
Travessera de Gràcia, 47-49. 08021 Barcelona
© 2019, Nacho Subirats, por las ilustraciones

Printed in Spain – Impreso en España

ISBN: 978-84-204-8772-4
Depósito legal: B-25.890-2018

Maquetación: Javier Barbado
Impreso en Cayfosa (Barcelona)

AL 8 7 7 2 4

Penguin
Random House
Grupo Editorial

FRANCESC GASCÓ

SARA CANO

JURÁSICO TOTAL

DE NIÑOS A HÉROES

ILUSTRADO POR

NACHO SUBIRATS

ALFAGUARA

*Para Jesús, lector de todas mis letras,
merecedor de todas mis dedicatorias.*
Sara

*Para mis abuelas, que aunque se fueron hace
tiempo, siempre que las necesito siguen ahí.*
Francesc

Para Atreyu, nuestro pequeño Pangea.
Nacho

Elena

Es un torbellino de energía. Segura de sí misma, deportista, valiente e independiente. Elena manda siempre, gana siempre y nadie se mete nunca con ella. Todo lo contrario que su hermano mellizo Lucas, al que siempre tiene que estar vigilando y protegiendo. ¡Ojalá espabilara un poco!

Lucas

Si hay una explosión, ruidos o cachitos de cosas volando, seguro que es culpa suya. Lucas es un inventor nato, aunque no todas sus ideas funcionen a la primera. A veces se meten con él, pero no le importa. Sabe que no siempre ganan los más fuertes, sino los más listos. ¡Ojalá su hermana Elena le dejara un poco más a su aire!

Carla

Es la delegada de clase y una alumna modelo. Inteligente y popular, es la preferida de los profes. Todo el mundo quiere ser como ella y por eso se siente un poco por encima de los demás. Le encantaría volar, pisar el suelo es tan... inferior... Adora estar siempre perfecta y detesta el campo con todas sus fuerzas. ¡Y los bichos y los animales más!

Kahyla

Es fuerte, ágil, rápida, valiente..., y muy joven. Demasiado para ser centinela de los ahuluna. Aunque lleva toda la vida entrenándose para conseguirlo, hay días que no se siente preparada para ello.

Leo

Tímido y reservado, los dinosaurios son lo que más le gusta del mundo. Ellos no pueden defraudarle ni desaparecer, como han hecho tantas personas de su vida; ya lo hicieron hace millones de años.

Dani

Un día se despertó, y su cuerpo le quedaba grande. Su tamaño le hace chocarse con todo y causar un montón de accidentes, casi tantos como su mejor amigo, Lucas. Tiene una paciencia infinita, siempre piensa en todo, es pacífico y le encanta la naturaleza.

Prólogo
LA DESPEDIDA

Penélope bajó el ritmo cuando se dio cuenta de que estaba corriendo. Era de madrugada y las calles de Dyarevny estaban desiertas. Aun así, no quería desentonar. En el poblado, casi todo lo que hacía resultaba extraño. Y esa manía suya de ir corriendo a todos lados era, sin duda, la más llamativa.

Los tireóforos (o gubashka, como decían ellos) paseaban sus enormes cuerpos acorazados con paciencia y lentitud entre las construcciones de piedra. Era relajante verlos avanzar sobre sus fuertes patas, meneando esas poderosas colas terminadas a veces en mazas duras como martillos. Los humanos que los cuidaban y adoraban lo hacían todo tan despacio como ellos. Penélope no sabía si era por costumbre, por respeto o porque, quizá, compartieran con ellos un lazo mucho más fuerte.

Después de todo, allí humanos y dinosaurios convivían como iguales.

Penélope se recolocó el casco de hueso que llevaba en la cabeza. Era muy pesado, casi tanto como la capa que le colgaba de los hombros, hecha con placas tejidas. Había recibido aquellas ropas al llegar a Dyarevny, pero no las había usado hasta ese día. Demasiado extraña se sentía ya como para abandonar sus cómodas prendas de exploradora. De hecho, aún las llevaba puestas, disimuladas bajo la coraza protectora de los gubashka.

Pero tenía que causarle buena impresión al tamudri.

El cielo empezaba a iluminarse. El sol arrancó tímidos destellos al agua que había en el pozo. Penélope miró su reflejo. Estaba ridícula. Iba a quitarse el casco cuando un ruido la sobresaltó: era el estruendo de unas alas en movimiento. En el cielo vio cinco enormes pterosaurios sobrevolando la jungla. De la punta de un ala a la otra medían unos diez metros. Su pico, puntiagudo y letal, también era gigantesco. Penélope los conocía como quetzalcoatlus, un nombre que hacía honor al dios azteca de la serpiente emplumada. Nunca había viajado a Norteamérica para estudiar sus fósiles, del Cretácico inferior. Ni siquiera estaba segura de que aquellos fueran quetzalcoatlus, y no una evolución distinta de los animales que ella creía conocer. Allí, los reyes del aire no se llamaban pterosaurios, sino dayáir.

Y no eran fósiles, sino criaturas vivas.

Echó a andar de nuevo. Recorrió la avenida principal hasta el palacio, pero, en lugar de entrar, lo rodeó y apretó el paso. La tribu no tardaría en llevar a los gubashka más mansos a pastar, y Penélope no quería cruzarse con ellos. Al principio se habían mostrado amables y atentos con ella, pero, últimamente, los había visto cuchichear a sus espaldas y algunos la miraban con desconfianza. Habría jurado, incluso, que le tenían miedo. El único que la trataba como siempre era el anciano tamudri.

Él le daría respuestas.

Salió de Dyarevny y atravesó una pequeña franja de jungla para llegar a la muralla. Estaba construida con bloques de piedra enormes y resistentes, y era casi tan alta como ancha. La primera vez que la vio, Penélope creyó que era una fortaleza o un refugio. Y sí, era un refugio, pero no para humanos.

Aquel lugar era el santuario del bogáish, el gubashka sagrado.

El recinto amurallado era inmenso y estaba lleno de tireóforos de diferentes especies. Penélope localizó enseguida la figura encorvada del tamudri entre ellos. Su vistosa capa naranja ondeaba cada vez que el anciano estiraba el brazo frente al morro del bogáish.

—Te he traído los mejores, Vroslek, no me los rechaces —decía, ofreciéndole una enorme y jugosa bola de musgo. El dinosaurio se apartó. No quería comer—. Con lo que me cuesta ir a recogerlos al río... ¡Desagradecido!

El tamudri golpeó a la criatura con su bastón, decorado con una bola de pinchos. El gran gubashka apenas lo notó, pero el movimiento fue demasiado brusco para el anciano, que se sacudió de dolor.

—¡Tamudri! —Penélope corrió hacia él—. ¿Está bien?

El anciano le dedicó una sonrisa y se sujetó al brazo que le ofrecía la exploradora.

—Solo es la edad... ¡y el mal carácter de este kaintuli cascarrabias y cabezota!

La criatura resopló, claramente molesta, y les dio la espalda.

—Sí, los tireóforos tienen la cabeza dura —dijo Penélope, mirando al animal.

Vroslek era una criatura de tamaño monstruoso y aspecto pacífico, con el lomo lleno de placas puntiagudas tan altas como arbustos. Se movía de forma lenta y torpe, y tenía el carácter de un anciano malhumorado. Pero también era impresionante y majestuoso. A Penélope se le humedecieron los ojos de emoción. Aunque intentó evitarlo, una lágrima resbaló por su mejilla.

—Tireóforos... Me gustan los nombres que les das a nuestros hermanos gubashka. ¿Cómo llaman a los animales como Vroslek en tu mundo?

—Estegosaurios —respondió Penélope, aún mirando al animal sagrado. Escuchó al tamudri repetir el nombre en un susurro—. Pero en mi mundo no medían más de nueve metros de largo, y Vroslek es al menos cuatro veces mayor.

—No sé quiénes son esos metros tuyos, pero Vroslek es grande incluso para Dyarevny. Lleva muchas lunas rechazándome los mejores musgos, pero sé que el muy astuto se los come cuando yo no miro. Por eso ha llegado a ser tan viejo, ¿verdad, Vroslek? —La criatura se acercó al tamudri y le dio un leve topetazo con la cabeza—. Los kaintuli más grandes y sabios son bogáish, seres sagrados. Ellos lo saben todo, lo recuerdan todo. Están conectados a este mundo.

Penélope ayudó al anciano a sentarse en una roca. Luego extendió la mano hacia el morro del dinosaurio, pero el animal resopló y retrocedió. La miró como si no fuera digna de tocarlo.

Tal vez no lo fuera.

—Me rechaza... —murmuró, dolida—. Últimamente, todos lo hacen.

El tamudri agarró el bastón con las dos manos. Tenía los dedos tan nudosos y torcidos que se confundían con las vetas de la madera.

—No te ofendas —dijo el anciano—. Son tiempos extraños. Tienen miedo.

El tamudri extendió el bastón hacia el bogáish, y Vroslek se acercó hasta que la madera tocó su frente. A ambos se les pusieron los ojos en blanco y de repente aparentaron ser mucho más jóvenes de lo que eran en realidad. El anciano y el animal estaban conectados de una manera que Penélope no conseguía comprender.

—Vroslek está inquieto. Dice que el asawa, el equilibrio, se ha roto.

—¿Lo rompí yo al venir? —preguntó Penélope.

—Los portales sagrados nunca han estado cerrados del todo —negó el anciano—. No eres la primera que los cruza. Tu parte de culpa es otra.

El tamudri señaló un grabado en la muralla. En él, una figura humana sostenía una especie de amuleto. Un diente de piedra como el que Penélope había encontrado al abrir la entrada desde su mundo.

—Yo no sabía que esos dientes eran... —Penélope no supo qué decir—. Solo quería estudiarlos.

El tamudri negó con la cabeza.

—Descifrar el poder de los yajjaali corresponde solo a los yajjilarii.

—Por eso tengo que encontrarlos —dijo Penélope, insegura—. Mi sobrino...

—Está a salvo. La tahulu de los ahuluna les enseñará lo que necesitan saber. Y, cuando aprendan a usar los yajjaali, estarán preparados.

—¿Preparados? ¡Pero si solo son niños...!

—Ya no. Son... ¿cen-ti-ne-las? Así los llamas tú, ¿verdad? Son los encargados de restaurar el equilibrio —respondió el tamudri—. Los rajkavvi tienen intenciones oscuras, y son cada vez más fuertes. Muchas ciudades han caído. Y hay nuevos peligros: los virzeg, fantasmas sin alma, han invadido la jungla.

Penélope sintió un escalofrío. En Dyarevny corrían rumores sobre monstruos que acechaban en la espesura, cosas que los habitantes de aquel lugar no habían visto jamás. El comportamiento de aquellos seres sin alma le resultaba muy familiar.

Frío. Calculador. Mecánico.

Máquinas procedentes de su mundo, estaba segura.

Por eso tenía que partir. Para encontrar a su sobrino. Para detener todo aquello. Iba a decírselo al tamudri, pero el anciano no la dejó hablar.

—Sé que quieres marcharte, y también que no buscas mi permiso. —La miró con sus ojos ancianos y sabios. Vroslek se acercó y le colocó la inmensa cabeza en el regazo—. He pedido a algunos guerreros que te acompañen, pero debes tener cuidado. Tus intenciones son buenas, pero ahora todos corremos peligro. Por eso te pido, por última vez, que te quedes aquí.

Vroslek gruñó como para darle la razón, y Penélope tragó saliva.

Seguro que el tamudri tenía razón, pero Leo estaba solo en aquella tierra llena de peligros. Y su sobrino no era un centinela. ¿Cómo iba a serlo? No era más que un niño, un niño huérfano que solo la tenía a ella en el mundo.

En cualquier mundo.

—Lo siento —se disculpó.

El tamudri cerró los ojos y puso las manos alrededor del bastón. Permaneció quieto, como si fuese parte de la roca sobre la que estaba sentado. Penélope se arrodilló y le besó en la frente. Luego acercó una mano tímida a la cabeza de Vroslek. Esta vez, el bogáish se dejó acariciar. Al tocarlo, una extraña energía la recorrió de pies a cabeza. En su mente apareció la imagen de una ciudad en ruinas con un templo que reconoció: tiempo atrás, se había refugiado allí de los hombres-raptor. Había un mensaje arañado en la puerta del templo.

Un mensaje de su sobrino.

De repente, supo adónde debía dirigirse.

—Gracias, Vroslek.

—Si vas a irte, hazlo ahora —murmuró el tamudri, sin abrir los ojos.

Penélope quiso decir algo, pero los guerreros ya la estaban esperando bajo el arco de piedra de la entrada. Parecían impacientes, así que echó a correr hacia ellos, sin importarle lo que pudieran pensar.

El tamudri abrió los ojos para verla marchar. Estaba llorando.

—Buena suerte, Penélope.

Era la segunda vez que pronunciaba su nombre desde que la conocía.

Esperaba que no fuera la última.

Capítulo 1

SOBREVIVIENDO EN PANGEA

Había que apartar las hojas con rapidez y delicadeza. Los dedos de Elena, llenos de padrastros y arañazos, sabían mucho de rapidez, pero nada de delicadeza. Agarró el tallo de una planta y lo apartó bruscamente antes de soltarla. La hoja vibró en la penumbra y se estrelló de lleno contra la cara de Carla.

—¡Que no estás sola, Elena! —susurró, enfadada, mientras se frotaba la nariz—. Ay, me pica muchísimo. ¿Esas cosas son venenosas? ¿Me quedará marca?

—Son helechos, Carla. En nuestro mundo también hay —resopló Dani, que empezaba a perder su infinita paciencia—. Es de primero de explorador.

—¿Y cómo quieres que lo sepa, si no se ve un pimiento? —protestó ella.

Una diminuta silueta con cresta los adelantó rápidamente. Lucas había descubierto que ser bajito tenía sus ventajas a la hora de moverse por la jungla. No tenía a mano a Clocky, pero calculaba que le llevaba a su hermana treinta segundos de ventaja: los que se había pasado ella apartando hojas. Y, ahora, solucionaría el problema de la oscuridad. Rebuscó en su pantalón y sacó una pequeña linterna del tamaño de un bolígrafo. Antes de que pudiera encenderla, un fuerte manotazo la lanzó volando a la negrura de la jungla.

Lucas fue a reñir a su hermana, pero no había sido ella. A su lado, Leo tenía el cuello muy estirado y el cuerpo alerta. Estaba tenso y preocupado.

—No podemos encender luces —declaró, en voz bajísima—. No estamos solos.

Todos se ocultaron inmediatamente entre los helechos. Estaban tan callados que incluso escuchaban latir sus corazones. Al principio solo oían el rumor de las hojas movidas por el viento, pero luego detectaron un gruñido grave. El suelo a sus pies tembló ligeramente. La vegetación se agitó en alguna parte.

Elena hizo una seña. Dani asintió y los guio en dirección contraria a la del ruido, haciendo lo posible por moverse con la escasísima luz que se colaba entre las ramas. Poco después, llegaron a un barranco. Ocultos bajo aquellos árboles que parecían tener alas en lugar de hojas, vieron acercarse a una dacentrurus. Supieron que era hembra porque iba rodeada de cuatro crías a las que empujaba con el morro para avanzar más deprisa. El animal iba a paso de elefante en estampida.

—Algo va mal —susurró Leo, señalándola—. Va demasiado deprisa.

—Es de los tuyos, Leo —dijo Elena, con una nota de arrogancia—. Es inofensivo.

Antes de que alguien pudiera detenerla, Elena abandonó los helechos y quedó al descubierto. Alarmados, los chicos corrieron a detenerla.

—¡Elena, no! —dijo Lucas.

—¡Nos ha dicho que tenemos que ser sigilosos! —Carla la agarró del brazo—. Si no le hacemos caso se pondrá hecha una fur...

El rugido que terminó la frase por ella fue desgarrador. Unas largas fauces salieron de la maleza y se cernieron sobre la dacentrurus. La hembra bramó, asustada, cuando las poderosas mandíbulas chasquearon, y gruñó de dolor cuando los afiladísimos dientes le arrancaron un buen trozo de la cola.

El inmenso carnívoro se giró hacia los chicos y rugió con fuerza.

—¡Un baryonyx! —gritó Leo.

—Pero ¿no comían peces? —preguntó Dani. En los últimos días había aprendido mucho sobre la fauna de Pangea—. ¿Qué hace atacando a un tireóforo?

—¡Estará ampliando el menú! —sugirió Carla.

Elena dio un paso al frente y se plantó delante del animal. En su pecho brillaba, rojo como la sangre, el amuleto con forma de diente de terópodo. La chica miró a los dacentrurus y estos huyeron hacia la jungla lo más deprisa que pudieron. Después se acercó al baryonyx y rugió con fuerza.

—¡Atrás! —ordenó.

El depredador se detuvo. Abría y cerraba su largo hocico, pero no se atrevía a atacar. Retrocedió. Un paso, y otro, y otro. Parecía a punto de huir cuando, de repente, agitó la cabeza y volvió a avanzar, todo ojos hambrientos y dientes sanguinarios.

El brillo rojo del amuleto se había extinguido.

—¡Atrás! —bramó ella—. ¡Atrás!

Pero el baryonyx ya no le hacía caso. Los demás intentaron proteger a Elena, pero sus amuletos tampoco

funcionaban. El carnívoro acercó su poderoso hocico y les lanzó una ráfaga de aliento con olor a carne cruda.

El baryonyx abrió las mandíbulas y ellos cerraron los ojos.

Cuando, un segundo más tarde, se dieron cuenta de que no estaban muertos, miraron de nuevo. El animal seguía enseñándoles los dientes, pero no podía cerrarlos. **Una muchacha de piel morena sostenía un remo de madera entre sus mandíbulas. En su pecho brillaba una esfera de luz azul. Su pelo, rizado y salvaje, olía a algas y a mar. Parecía la melena de un león.** Elena sintió una mezcla de rabia, miedo y admiración al ver cómo los fuertes músculos de sus brazos contenían al carnívoro y le obligaban a girar el cuello.

Kahyla soltó el brazo derecho del remo. Mientras hacía un esfuerzo sobrehumano para dominar al animal, se desenrolló rápidamente una soga de algas trenzadas que llevaba en la cintura. Tiró de ella como si fuera un látigo y la enroscó alrededor del hocico del carnívoro. Luego, se encaramó al lomo del baryonyx. Agarró la otra punta de la improvisada rienda, guio al animal hasta la araucaria más cercana y lo ató al tronco para que no pudiera escapar.

Entonces se volvió hacia los chicos, con el rostro contraído por la furia.

—¡MAL!

Ellos sintieron un escalofrío al oír su voz. Solo Elena se atrevió a hablar.

—No te preocupes, Kahyla. —Intentó sonar orgullosa, pero la voz le temblaba—. Estamos bien.

—¿Bien? Yo no veo que hagáis nada bien —rugió la chica. Extendió un dedo hacia el cuello de Elena y señaló el amuleto—. ¡Irresponsables!

Sus palabras fueron un duro golpe para Elena, que se encogió como un molusco en su concha. Kahyla se dio cuenta de que la había herido. No lo pretendía, pero tampoco intentó consolarla. Cuanto más le dolieran sus errores, antes aprendería a no cometerlos.

—Seguidme —les pidió, dirigiéndose hacia la jungla.

Unos metros más allá, encontraron a la hembra de dacentrurus tirada en el suelo. Estaba en muy mal estado, y sus crías la rodeaban con quejidos lastimeros. Kahyla mandó a Dani a recolectar plantas medicinales; a Carla a construir un cubo de corteza de palma y coger agua limpia del río; a Elena, Lucas y Leo les pidió que la ayudaran a sujetar a la hembra. Después, usó su propio amuleto para curar la herida. La dacentrurus se retorcía de dolor.

—¿Y ella sí puede encender el amuleto? —rezongó Elena por lo bajo mientras intentaba contener sus fuertes coces.

La mirada de Kahyla la abrasó.

Cuando la hembra pudo levantarse y volver a la jungla con sus crías, los chicos se dejaron caer contra el tronco de un enorme helecho y suspiraron, agotados.

—Arriba —les dijo Kahyla.

—Cinco minutos, por favor —suplicó Leo—. No puedo más.

—Arriba —insistió ella—. Vuestro entrenamiento de hoy ni siquiera ha empezado.

—¡Pero si casi nos desayuna un monstruo y hemos operado de urgencia a otro! —exclamó Lucas—. ¿Eso no cuenta como entrenamiento?

—No son monstruos. Él es un rajkavvi —dijo Kahyla, mirando al baryonyx—. Y ella, una gubashka —insistió, señalando el rastro de la dacentrurus en la tierra—. Y no, no es suficiente. Lo hacéis todo mal. Todo. Tenéis mucho que aprender, y poco tiempo para hacerlo.

—Si nos dejaras volver a casa, no tendrías que enseñarnos nada —objetó Carla—. Ni palabras inventadas, ni todo este vudú mágico rarísimo.

—Pues yo creo que tener poderes mola bastante —dijo Lucas—. ¿A que sí, Elena?

Su hermana estaba sentada en el suelo, con la cabeza entre las rodillas y la mirada baja. Reconocer que ella también quería marcharse era demasiado humillante, así que no dijo nada.

—Podemos devolverte los dien... los yajjaali —ofreció Dani, pacífico—. Así podrías dárselos a gente más preparada. Hemos aprendido muchas cosas de ti durante estas semanas. Creo que seríamos capaces de volver solos a casa y...

Kahyla se dirigió a la araucaria donde estaba atado el baryonyx.

—No —le interrumpió con voz cansada mientras forcejeaba con las ataduras del carnívoro—. Ahora Tebel es vuestra casa. Vosotros sois sus yajjilarii. Es vuestro deber.

Después susurró algo al oído del carnívoro y echó a correr hacia la espesura. El baryonyx se sacudió, abrió las fauces en un rugido y la soga de algas cayó al suelo.

Kahyla lo había soltado.

Los chicos se levantaron de un salto.

—Pero ¿qué ha hecho? —exclamó Leo, alarmado.

—¡Creo que le ha dado permiso para comernos! —gritó Lucas, viendo cómo el carnívoro echaba a correr hacia ellos.

—¡Está loca! —chilló Carla—. ¡Quiere matarnos!

Elena fue la primera en reaccionar. La acción le sentaba bien. Le dio un empujón a su hermano, tiró del corpachón de Dani hacia la jungla y empezó a reír.

Aprende deprisa o muere.

Le gustaba cómo pensaba aquella chica.

* * *

El sol estaba en lo alto del cielo cuando por fin dieron esquinazo al baryonyx. La única forma de escapar de su largo hocico fue saltar por el borde del barranco. Casi veinte metros de caída hasta llegar al río que había al fondo. Cuando abrieron los ojos bajo el agua, creyeron que estaban muertos y que el cielo era un lugar lleno de burbujas. Pero entonces apareció Ahunil, el kaintuli de Kahyla, que los transportó en su lomo hasta una cala cercana.

Kahyla estaba allí, esperándoles.

Los chicos se tumbaron unos minutos sobre la arena caliente con los ojos cerrados y Kahyla les preguntó si tenían hambre. Cuando contestaron que sí, les deseó buena suerte recordando qué frutos de la ciénaga eran comestibles y cuáles venenosos. También les advirtió que tuvieran cuidado con el rajkavvi del pantano.

El rajkavvi resultó ser un espinosaurio, del que tuvieron que huir con el estómago vacío. Corrieron durante kilómetros, y cuando al fin la criatura se cansó de perseguirlos, estaba casi tan oscuro como cuando se habían despertado aquel día. Tenían una pelota hambrienta en lugar de estómago, la piel llena de arañazos y los músculos acalambrados de puro agotamiento.

Pero también se sentían felices.

Porque, hacía tres semanas, ni siquiera habrían soñado con sobrevivir a un día como aquel. A pesar de todo, Kahyla había conseguido hacer que se sintieran más fuertes, más ágiles, más sabios. Habían cambiado mucho en muy poco tiempo.

Ojalá supieran para qué.

Kahyla se sentó junto al fuego que Dani y Elena habían encendido en la playa. A su lado, Leo y Carla trataban de decidir si los frutos que habían recogido para cenar eran de los comestibles o de los venenosos. Lucas abrazaba a Trasto, que había aparecido trotando por la playa poco antes.

—¿Cómo ha llegado hasta aquí? —preguntó Kahyla, como tomándole la lección—. ¿Lo has llamado tú?

—¡Sí! —se apresuró a contestar Lucas, pero luego se sonrojó—. Bueno, no. Ha venido solo.

Kahyla chasqueó la lengua, decepcionada.

—Debes ejercitar el vínculo con tu kaintuli.

Carla aprovechó la regañina para intentar comunicarse con los pteranodones que planeaban sobre el mar, pescando celacantos. Quizá pudiera convencerlos para que dejaran caer uno o dos junto a ellos. Así podrían comer algo.

Pero su amuleto era inútil.

—¿Por qué ya no funcionan? —preguntó, molesta—. Todo sería mucho más fácil si tuviéramos nuestros poderes.

—Más fácil no siempre significa mejor —declaró Kahyla—. Los poderes no serán vuestros hasta que seáis dignos de ellos.

—¿Y quién decide eso? —espetó Leo—. ¿Tú?

En lugar de responder a su provocación, Kahyla lo miró en silencio. Sabía que todos los yajjilarii le tenían miedo. Algunos la respetaban más, como el gigante maymnami y el curioso yiaulú. Otros la admiraban, como la impulsiva y valiente rajkavvi. La dayáir seguramente escaparía volando si pudiera.

Pero Leo, el joven gubashka, la odiaba.

No le perdonaba que hubiera dejado al hombre adulto con los crueles rajkavvi. Ella sabía que el corazón del hombre estaba tan corrupto como los engendros a los que servía. Lo había visto en sus ojos. Pero Leo no quería reconocer que aquel hombre ya no tenía nada de humano.

Era testarudo, como todos los gubashka.

—No —respondió Kahyla finalmente—. Lo hará la tahulu.

—¿Sabes cómo se dice tahulu en nuestro mundo? Amiga imaginaria —se burló Carla.

Dani le tiró disimuladamente un palito para que se callara.

—¿Cuándo podremos conocerla? —preguntó Elena con respeto.

Kahyla la miró con la cabeza ladeada, pero no contestó. En cambio, metió las manos en la red de pesca que había a su lado y lanzó un pequeño pescado a la arena junto a la hoguera. Demasiado pequeño para saciar el apetito de los cinco, pero era mejor que nada.

A pesar del hambre que tenían, Carla, Leo, Lucas, Elena y Dani no clavaron los ojos en la cena, sino en la mano que Kahyla alzaba al cielo. **En ella sostenía cinco piedras, talladas con los símbolos de sus dientes.** Uno de los pteranodones bajó de las alturas, los recogió con el pico y levantó el vuelo hacia la jungla. Con la última luz del atardecer, los chicos vieron cómo dejaba caer las piedras, de una en una, entre los árboles y helechos gigantes.

—Cuando las encontréis —contestó Kahyla—. La búsqueda comienza al alba. Os recomiendo descansar.

La centinela se llevó la mano al amuleto y este se iluminó de azul. El esbelto cuello de Ahunil asomó del agua. La muchacha les dio la espalda y se zambulló en el mar sin despedirse siquiera.

—Bueno, Dani, tú eres el experto en yincanas —rezongó Carla, dejándose caer en la arena—. ¿Algún consejito para la carrera con obstáculos carnívoros de mañana?

—Espero que hoy sea nuestro último día de campamento en Pangea —murmuró el gigante, agotado, mientras atravesaba el pescado con un palo para ponerlo en la hoguera. Miró a Lucas—. ¿Está todo listo?

Su amigo se peinó el flequillo con los dedos, se subió las gafas y se puso en pie. Trotó por la arena, seguido por Trasto, hasta una zona de helechos. Apartó las hojas con cuidado y dejó a la vista el último invento en el que estaba trabajando.

—Casi. Igual podemos marcharnos antes de que amanezca. Viendo lo chalada que está Kahyla, no quiero saber lo que nos espera cuando nos lleve con la tahulu esa.

Capítulo 2

NATURALEZA DIVIDIDA

El humo que salía de las paredes de la cueva formaba pequeñas nubes. Mientras trabajaba, Osvaldo Arén veía cosas en ellas. Los hilos de vapor de azufre dibujaban siluetas de terópodos y de humanos. A veces, incluso, las nubes tenían forma de edificios en los que seres de ambas especies convivían en paz.

Los gases del volcán le producían alucinaciones. Osvaldo Arén pestañeó varias veces y sacudió la cabeza para borrar las imágenes que flotaban frente a sus ojos. Aquellas escenas de humo eran, en realidad, producto de su mente. Recreaba las pinturas borradas a golpe de garra que había visto en lo más profundo de la cueva. Representaciones de un pasado en el que los rajkavvi no dominaban a los grandes carnívoros: convivían con ellos. En esa época, no eran mitad raptores, sino simples humanos.

Sin abrir los ojos, Osvaldo Arén se preguntó qué sería él ahora.

¿Hombre? ¿Rajkavvi?

¿Víctima? ¿Traidor?

Se llevó una mano a la sien y las plumas que le habían crecido en el canto de los brazos le hicieron cosquillas en la piel. Las acarició, pero no notó su suavidad. Desde que tenía escamas en las yemas de los dedos, había perdido el tacto en las manos casi por completo.

No sabía si todavía podía seguir considerándose humano.

Sobre si era un traidor, sin embargo, no tenía dudas.

Osvaldo Arén abrió los ojos y los fantasmas de humo regresaron. En la niebla dorada vio la expresión de dolor de Vega Merón cuando intentó arrebatarle a Elena su amuleto y un rayo de luz roja la fulminó. El humo se transformó en los ojos de horror de Leo cuando vio que su profesor, su amigo, dirigía a los robots contra ellos. Una suave brisa convirtió la nube en el rostro lleno de odio de la niña salvaje y feroz que había ido a rescatarlos. Uno a uno, los vapores de la cueva le fueron mostrando a todos los que había traicionado: Leo, Elena, Dani, Carla, Lucas, Vega, Jonás... Todos estaban muertos. Aquellas caras lo atormentaban en sus pesadillas.

Osvaldo Arén no pudo soportar que lo hicieran también despierto, y se alejó de la pequeña fuente de azufre.

El humo dejó de tener ojos, narices y bocas en cuanto caminó unos pasos por la cueva. Ahora le costaba menos pensar. En realidad, no era un traidor. Había actuado en contra de su voluntad, sometido por el jorobado. Yrro, lo llamaban los otros. Él nunca quiso hacer daño a los chicos. Penélope le había pedido que cuidara de Leo, y él lo había intentado. Lo había intentado con todas sus fuerzas, pero el jorobado controlaba su cerebro. Le hacía sentir como si todo su cuerpo estuviera en llamas.

Aquel dolor era rojo.

Rojo como...

Osvaldo Arén se agachó y entornó los párpados. **Había una grieta en el suelo por la que se colaba el humo. La nube tomó la forma de un objeto de piedra, ovalado, rojo.**

La escultura del huevo de terópodo.

El culpable de sus alucinaciones no era el humo de azufre. Los condenados rajkavvi habían llevado aquel huevo maldito (el bayrad, como ellos lo llamaban) a su zona de trabajo. Osvaldo Arén se estremeció. ¿Qué pretendían? ¿Vigilarlo? ¿Controlarlo? ¿Volverle loco?

—¡Arrén! ¡Ven aquí ahora misssmo! —escuchó que lo llamaba una voz siseante.

Se encogió, esperando sentir el latigazo de fuego que le recorría cada vez que el huevo se apoderaba de él. Pero el azote ardiente no llegó.

No era el huevo lo que escuchaba.

—¡Arrén! —repitió la voz—. ¿Dónde essstásss?

—Voy, Najjal —respondió él.

Osvaldo atravesó la niebla, manteniéndose lo más lejos posible del huevo rojo. La voz pertenecía al líder de los rajkavvi que lo mantenían prisionero, trabajando sin parar, en aquella cueva. La criatura envuelta en harapos le sacaba por lo menos medio cuerpo de altura. Un ser con aspecto de reptil, pero que hablaba y pensaba como un hombre.

Como un hombre perverso.

—Te he traído un adversssario —siseó, orgulloso, cuando Osvaldo llegó a la boca de la gruta—. Vikko, muésssstrassselo.

El más joven de sus carceleros tiró con fuerza de una soga. El otro extremo de la cuerda estaba atado al hocico de una criatura aterrorizada. El animal estaba sentado sobre los cuartos traseros y hacía fuerza con las patas delanteras para resistirse, pero los violentos tirones de Vikko lo arrastraban sobre la piedra áspera del túnel. Medía unos seis metros, tenía el morro terminado en pico y una protuberancia sobre la nariz. Su dura cresta, rematada por dos pequeños cuernos, parecía una corona.

—Un paquirrinosaurio... —murmuró Osvaldo—. Pero es un herbívoro pacífico. Además, es muy joven y está aterrorizado. ¿Para qué...?

—Hemosss traído al yiaulú para que ssse enfrente a tus virzeg —explicó el joven rajkavvi, dando saltitos de emoción.

Najjal le lanzó una severa mirada de pupilas alargadas y Vikko se calmó.

—¿Virzeg? —preguntó Osvaldo, confuso.

—Las criaturasss sssin alma —tradujo Najjal con una carcajada despectiva que parecía una tos enferma—. Sssin alma. Asssí lasss llaman los gubassshka de cabeza pequeña.

Osvaldo Arén seguía sin comprender.

—Tú lo llamasss... ¿rrrobot? —intentó ayudar Vikko.

La garra curva del rajkavvi señaló la herramienta que Osvaldo llevaba en la mano. No se había dado cuenta, pero aún sostenía el afilado punzón de piedra volcánica que había fabricado. Lo usaba para ajustar los tornillos de las máquinas que los hombres-raptor habían recuperado de la jungla y le estaban obligando a reparar.

Y ya había arreglado muchas.

Osvaldo Arén miró al joven paquirrinosaurio con pena. Al principio, pensaba que los rajkavvi usarían las máquinas para viajar más rápido o reconocer el terreno. Pero, al parecer, tenían otros planes. Ahora los robots estaban hechos para luchar y defenderse.

—Porque essstá lisssto, ¿verdad? —preguntó Najjal con un siseo amenazador.

—S-sí. —Osvaldo no se atrevió a mentir—. Tengo uno preparado para combatir.

—Vamosss, entoncesss —declaró el hombre-raptor. Luego le quitó la soga de las manos a Vikko y ordenó—: Llama a Jurra, Rakku y Xefir. Cuando el virzeg acabe con el yiaulú, ssse darán un buen fessstín.

—Puedo llevarlo yo —ofreció Osvaldo, tendiéndole la mano libre.

A Najjal le sorprendió el ofrecimiento, pero no se negó. Le entregó la soga con una sonrisa siniestra, orgulloso de que cada vez fuera menos humano y más rajkavvi.

Un rajkavvi muy útil.

Osvaldo Arén condujo al joven ceratopsio por la oscuridad de la gruta. Cuando vio que los otros no miraban, le acarició el hueso duro de la nariz. No creía que el dinosaurio pudiera entenderle, pero le pidió perdón en voz baja.

Porque, como a toda la gente a la que quería, iba a tener que hacerle daño para evitar que los hombres-raptor se lo hicieran a él.

* * *

La ingeniera Merón estaba tumbada sobre la mesa de reparaciones, tan quieta que parecía dormida.

Le habían preguntado si quería estarlo, pero ella se había negado. Quería estar despierta. Necesitaba estar despierta. A su alrededor, un enjambre de ingenieros se intercambiaban instrumentos y herramientas entre susurros, concentrados. Los había seleccionado de entre los mejores alumnos que había tenido. Para la ingeniera Merón, sus voces eran un murmullo, como el runrún de un tren en marcha o el chirrido de las cigarras en una noche de verano. Un ruido blanco, tan molesto como tranquilizador.

Aquel zumbido de fondo empezaba a adormilarla, así que clavó la vista en el foco que había sobre ella.

Unas motitas negras flotaron frente a sus ojos, heridos por la intensa luz blanca. Poco a poco, empezaron a adoptar formas concretas.

Las formas de sus recuerdos.

Mientras los jóvenes ingenieros trabajaban a su alrededor, Vega viajó mentalmente al día en que una luz tan potente como aquella, pero de color rojo y morado, la había condenado a estar quieta para siempre. Su cuerpo seguía en un frío y limpio taller de reparaciones, pero su mente se encontraba en una inquietante jungla prehistórica. En lugar de un grupo de jóvenes ingenieros, la rodeaba una bandada de pequeños raptores de plumas negras a los que solo conseguía ahuyentar con las chispas que brotaban de unos cables pelados. Eran iguales que los primeros dinosaurios que habían escapado de Pangea por el portal de la excavación. Vega recordaba su nombre: compsognathus. Depredadores carroñeros. Para ellos, alguien incapaz de moverse era una golosina.

Vega Merón se negó a ser una presa fácil. Aunque no pudiera mover las piernas, aunque el dolor la estuviera enloqueciendo, seguía teniendo su arma más poderosa: su cerebro. Los días y las noches se sucedieron a una velocidad alarmante. El terror a que alguno de aquellos monstruos la devorara no le permitía trabajar tan rápido como necesitaba. Vega no lograba recordar cómo, pero finalmente consiguió reparar una de sus máquinas y hacer que la arrastrara de vuelta a su mundo. El viaje duró dos días. Cuando por fin la encontraron, los médicos dijeron que el esfuerzo había empeorado la lesión de su columna, que nunca más podría caminar.

Ella les respondió con una carcajada.

Vega Merón volvería a ponerse en pie, estaba segura.

Ella, madre de criaturas robóticas que casi podían pensar por sí mismas, se construiría unas piernas nuevas, mucho mejores y resistentes. Las usaría para caminar hasta Pangea y aplastar todo lo que se interpusiera en su camino.

Iba a vengarse. De Arén (si es que seguía vivo), que había vuelto a sus robots contra ella. De los chicos (si es que seguían vivos), por no entregarle aquellos extraños amuletos. Estaba convencida de que, además de destruir, esos objetos tenían la capacidad de sanar. De volverla fuerte, poderosa.

Invencible.

—Ingeniera Merón, la operación ha concluido.

La tímida voz del ingeniero jefe la sacó de sus pensamientos y la llevó de vuelta a la sala de reparaciones. Vega apoyó las palmas de las manos en la superficie metálica de la camilla y se sentó. Tuvo que parpadear varias veces para que sus pupilas volvieran a acostumbrarse al ambiente. Cuando pudo enfocar, vio sus piernas encerradas en una jaula de metal brillante de la que salían puntiagudas patas de araña, como las de sus robots de exploración. Un invento suyo conectaba aquellos artilugios con los nervios de su espalda.

No sentía las piernas, pero al menos podría darles órdenes.

La ingeniera Merón se concentró y la articulación de una de las patas se dobló con un movimiento mecánico.

—Funciona —murmuró, triunfal.

Los jóvenes ingenieros iban a aplaudir, pero se detuvieron cuando ella alzó el rostro, severo.

—¿Quiere verse? —preguntó el ingeniero jefe, indicándole un espejo.

Vega logró levantarse y apoyar las patas en el suelo. Se acercó con pasos torpes y rápidos a la superficie reflectante. Lo que vio le dio asco. Tanto que, sin querer, ordenó a la pata derecha que golpeara el espejo.

El cristal se hizo mil pedazos.

—¿Los exploradores han avanzado en sus investigaciones? —preguntó, impaciente. Si sus planes se

cumplían, no tendría que tener aquel aspecto repugnante durante mucho tiempo.

—La entrada está asegurada. Han conseguido ampliar el perímetro de seguridad a cincuenta kilómetros y han instalado un campamento en Pangea. Pero no hay rastro ni de los chicos ni del profesor Arén. Por otra parte, nuestros efectivos han examinado los otros yacimientos de Zoic a este lado del portal. Como usted sospechaba, es posible que haya otras puertas.

—Excelente —comentó la ingeniera, con desprecio. Una vez más, no habría avances hasta que ella no tomara el mando—. ¿Han llegado las nuevas unidades?

—Sí —respondió el ingeniero, señalando una ventana—. Las están descargando.

Vega Merón se acercó con pasos bruscos y rechinantes hasta la ventana que daba al piso inferior. En el almacén, algunos miembros de Zoic descargaban unos robots con forma humana y los colocaban en ordenadas hileras. Aunque estaban quietos y huecos, eran escalofriantes.

—Excelente.

Capítulo 3

PLAN DE FUGA

Elena dejó caer el remo y se secó el sudor de la frente. Después de horas peleando con el agua, le dolían músculos que ni siquiera sabía que existían. Se miró las manos, llenas de callos y ampollas. Se pasó la lengua por los labios resecos y blancos por la sal y la brisa del mar. Echó la vista atrás. A lo lejos, Tazhlán, la isla de la que intentaban escapar, todavía se veía en el horizonte.

Resopló, agotada, y alzó la vista al cielo.

Sus compañeros dejaron de remar cuando oyeron su grito de sorpresa. Todos dirigieron la mirada hacia el punto, entre el cielo y el mar, del que Elena no apartaba los ojos. Junto a la balsa volaba una bandada de criaturas de piel correosa, de medio metro de largo, con unas alas enormes que, extendidas, debían de medir por lo menos el cuádruple. Del centro del cráneo les brotaba un larguísimo cuerno en forma de «Y». De vez en cuando, acercaban el pico afilado y lleno de dientes al agua y apresaban algún celacanto despistado.

—¡Guau! —se maravilló Carla—. ¡Parecen un cruce entre una gaviota y un ciervo!

—¿Una ciervota? —bromeó Lucas—. ¿O un gaviervo?

A Carla no le hizo gracia. No se había movido del sitio desde que habían zarpado de la isla y estaba claro que, si pudiera, se iría volando con aquellas criaturas antes que pasar allí un segundo más. Lucas se dio cuenta de que no estaba de humor para chistes. Se le aplastó el flequillo de vergüenza. Solo quería rebajar un poco la tensión, pero los ánimos del grupo estaban por los suelos.

—Nyctosaurios —dijo Leo, haciendo visera con la mano—. Pterosaurios pterodactiloides del Cretácico superior que...

—Son preciosos —atajó Carla.

Una pequeña ola hizo que la barca se tambaleara ligeramente. Leo dio un paso en falso y estuvo a punto

de caer al agua, pero una mano rápida lo enganchó de la camiseta.

—Cuidado, frikisaurio —dijo Elena—. A ver si vas a convertirte en merienda de monstruo marino.

Señaló una silueta en el agua. Tenía aletas, el hocico afilado y el vientre redondeado. Parecía un delfín mal dibujado. Mal dibujado, enorme y con un morro lleno de dientes. Elena juraría haberlo visto varias veces desde que salieron de la isla.

—Tranquila, es un ictiosaurio —observó Leo—. Come peces, no nos hará daño.

—Es un ahuluna. Y el arahere de los ahuluna come dayáir para desayunar, que lo hemos visto todos —dijo Carla, estremeciéndose. En su memoria, el inmenso mosasaurio de la bahía volvió a sacar el morro del mar para devorar a un pterodáctilo de un bocado—. ¡Y se supone que yo soy la jefa de los dayáir! ¡A ver si me va a confundir con uno!

—Guau, hablas como Kahyla... —se sorprendió Lucas.

—Se me dan bien los idiomas. Y, además, Kahyla siempre suelta las mismas palabrotas: dayáir, maymnami, gubashka, yiaulú, rajkavvi y ahuluna son familias de dinosaurios, como las que siempre explica Leo. Luego están los yajjaali, que son los amuletos; los yajjilarii que, por lo visto, somos nosotros... —Puso cara de asco—. Y el arahere, que es ese mosasaurio repugnante que nos llevó en la boca como..., como... ¡Puaj!

—¡Carla! ¿Pue-puedes dejar de mover la balsa, por favor? —pidió Dani. El gigante estaba abrazado a Trasto en una esquina, y se ponía enfermo cada vez que la madera crujía—. Está empezando a entrar agua.

—Dani no sabe nadar —les recordó Elena, seria.

En parte le divertía que el único miembro del grupo que sabía navegar fuera el que más papeletas tenía de morir ahogado, así que sacaba el tema cada vez que podía. **El plan de fuga consistía en surcar un mar lleno de monstruos enormes en una balsa de madera construida por su hermano y que, por tanto, se iba cayendo a trozos. Y, además, con una cría de tricerátops a bordo.**

Pensándolo bien, era bastante probable que todos se ahogaran.

—¡No te preocupes, Dani! —exclamó Lucas—. ¡He pensado en todo!

Dani y Trasto observaron con horror cómo su flequillo rubio corría hasta una esquina de la balsa, haciendo temblar y crujir hasta la última tablita. Lucas abrió una trampilla en el suelo y volvió, también corriendo,

54

con unos extraños chalecos de juncos unidos con fibras de palma.

—¿Nos has hecho chalecos salvavidas? —preguntó Dani, conmovido.

Temblando, Trasto se arrastró con cuidado hasta su humano adoptivo y le acarició las piernas con sus cuernecitos. Era lo máximo que se había atrevido a hacer en toda la travesía, y el movimiento lo mareó. De repente, le empezaron a temblar las patas traseras.

—Lucas, deberías tranquilizar a Trasto porque... —empezó a decir Leo.

Demasiado tarde. El tricerátops vomitó una viscosa bola verde en la que aún se adivinaban trozos

de hierba. A la vez, debajo de su cola se formó una enorme plasta marrón que medía casi lo mismo que la cría.

—¡No, no, no! —gritó Carla, horrorizada—. ¡Qué asco!

Incapaz de ponerse en pie, Dani se apartó todo lo que pudo del desastre y la balsa se inclinó por el cambio de peso. Todos se sobresaltaron.

—¡Nos lo merecemos por llevar en la balsa a un bicho capaz de hacer su peso en caca! —se quejó Elena.

—¡No íbamos a dejarle allí! —lo defendió Lucas.

—Limpiad eso —pidió Dani, señalando la masa apestosa que cubría el suelo—. Demasiado cargados vamos ya.

Leo lo empujó todo por la borda y luego Elena limpió el suelo con agua de mar.

—Solo había visto excrementos y regurgitaciones de dinosaurio en fósiles —murmuró Leo—. Coprolitos y regurgitolitos.

—¿En serio vas a ponerte en modo enciclopedia? —Carla trató de airear el ambiente agitando una enorme hoja de palma.

—Esto no es un viaje de placer —recordó Elena, aclarándose las manos en el mar. La silueta del ictiosaruio movió las aletas, veloz, y cerró el hocico dentudo a un milímetro de ellas. Elena lo espantó cerrando sus propias mandíbulas y el reptil marino volvió a hundirse en el agua—. Carla, ayúdame a remar. Leo, achica agua. Dani, no te muevas. Lucas, averigua dónde estamos.

—¿Y cómo pretendes que haga eso? —preguntó su mellizo, cruzado de brazos.

—¿No eres inventor? Pues invéntate algo.

Elena agarró el remo y empujó con tanta fuerza que varias ampollas se le reventaron en las manos. Carla, que después de semanas de entrenamiento estaba mucho más fuerte de lo que pensaba, fue al otro lado de la barca y la imitó. Mientras, Lucas rebuscó en su mochila y sacó un pequeño cangrejito metálico que examinó con atención.

—Venga, Bibot, resucita —pidió.

Después de estar un rato tocando botones y revolviendo cables, Bibot siguió sin dar signos de vida. Lucas suspiró, enfadado, y decidió apostar por el último recurso del inventor: darle golpes y menearlo como un sonajero.

—No funciona —reconoció al fin—. No tengo ni idea de dónde estamos.

—¿Y si volvemos? —preguntó Dani, con la cabeza metida entre las piernas—. Todavía vemos la isla.

Elena contempló el horizonte, triste. Se llevó la mano al cuello. Junto al cordel del que pendía, inútil, el amuleto de piedra («hasta que seáis dignos de usarlo»), colgaba también una figurita de madera que había descubierto en su bolsillo al llegar a la isla. La había encontrado al lado de una nota: «No te enfades, tiranosauria». Esa pequeña figura de un terópodo era lo único que le quedaba del explorador Jonás Bastús. Eso, y el recuerdo de sus ojos en paz antes de separarse de ella para siempre.

«Este viaje lo haces tú sola, listilla», le había dicho. «Protege a tu familia».

Desde que habían entrado en Pangea, todo el mundo los había ido abandonando. El profesor Arén, la ingeniera Merón, Zoic. Todos. Solo había dos personas que la habían hecho sentir segura.

Jonás Bastús y Kahyla, la centinela de los plesiosaurios.

Elena no sabía por qué, pero Kahyla estaba de su parte. Se había jugado la vida para salvarlos, y ahora trataba de enseñárselo todo sobre su mundo. Entonces, ¿por qué huían de ella?

—Me parece bien —dijo, por fin—. Vamos a dar la vuelta.

—¿Quién te ha nombrado capitana de este barco? —exclamó Carla, soltando su remo—. Yo no quiero volver.

—Yo tampoco —la apoyó Leo—. Llevamos semanas aquí y todavía no sabemos por qué. Kahyla nos salvó de los hombres-raptor, sí, pero abandonó al profesor. Prefiero ahogarme en el mar que seguir secuestrado en esa isla un minuto más.

Trasto pisoteó la balsa con las patas delanteras, dando a entender que opinaba lo mismo que ellos.

—Bueno, tampoco lo hemos pasado tan mal en Tazhlán... —reconoció Lucas.

—¿Ah, no? —saltó Carla—. ¿Te acuerdas del primer día? ¡Esa loca nos despertó metiéndonos troodones entre las hojas de palma donde dormíamos! Por no hablar de que nos pasamos el día huyendo de carnívoros hambrientos.

—¡Pero si los troodones eran polluelos! —rio Lucas—. Estaban más asustados ellos que nosotros. ¡Y al final jugasteis un rato, y todo! ¿A que sí, Trasto?

Trasto meneó los cuernos, enfadado, y la barca se sacudió de nuevo. Por una vez, la cría estaba del lado de Carla.

Agarrado a la barca, con los ojos cerrados para no marearse, Dani alzó la voz:

—Kahyla es dura, pero con ella hemos aprendido muchísimo sobre Pangea. Es la mejor profesora que podríamos haber tenido. Conoce a los dinosaurios y sabe moverse por este mundo. Podría ayudarnos a encontrar a tu tía, Leo.

Leo miró el suelo de la balsa, nervioso. Había estado tan concentrado en odiar a Kahyla que no había pensado en eso.

—Si no ayudó al profesor y la ingeniera, no hará nada por Penélope —sentenció Carla, con voz dura—. Y seguro que aquí hay más humanos: tribus dayáir, yiaulú, o maymnami —dijo, dirigiéndose a Lucas y Dani—. Los gubashka no sé si son de pensar mucho, pero seguro que también nos ayudarían. De los caralagartos no digo nada, que están para encerrarlos en el manicomio.

—Los hombres-raptor son malvados, pero Kahyla dice que no tienen nada que ver con los verdaderos rajkavvi —respondió Elena, molesta—. Además, ha prometido enseñarnos a usar los amuletos. Es tan dura como cualquier entrenador: solo quiere que aprendamos y nos esforcemos.

—Ya —rezongó Carla, encarándose a ella—. ¿Y por qué estamos huyendo, si tan bien estábamos en Tazhlán?

Para apoyarla, Trasto volvió a dar un pisotón con sus patas delanteras. Aquello fue demasiado para el suelo de la balsa: con un crujido siniestro, se abrió un enorme agujero. Lucas y Leo reaccionaron rápidamente y cogieron al tricerátops antes de que cayera por él. Del agujero brotaron un chorro de agua y el hocico lleno de minúsculas cuchillas del ictiosaurio.

—¡Nos has mentido! —gritó Carla, girándose hacia Leo—. ¡No solo come peces!

—¡Hora de ponerse los salvavidas! —exclamó Lucas, ajustándole el suyo a Trasto.

Con los ojos abiertos de puro terror, Dani miró el charco que poco a poco se extendía a sus pies. Elena le arreó un buen golpe al ictiosaurio con el remo, y luego se lo ofreció al gigante:

—Si nos hundimos, agárrate a esto —dijo, apretándoselo contra el pecho—. No te vas a ahogar, confía en tu capitana. Leo, ¡ayúdame a abrocharle el chaleco!

Pero Leo no se movió.

Porque en el agua, más allá del pequeño remolino que habían causado con el vaivén de la balsa, había visto algo. Una silueta curva y gris que entraba y salía del mar, y se acercaba rápidamente.

Que no sea el mosasaurio, suplicó en silencio. *Que no sea el mosasaurio.*

La barca se sacudió peligrosamente. Una criatura inmensa surgió ante ellos y ocultó el sol. Durante un segundo, quedaron cegados por la lluvia de gotas que salpicó en todas direcciones. Se frotaron los ojos, asustados.

No era el mosasaurio.

Frente a ellos estaba Ahunil y, sobre su lomo, el rostro duro y mojado de Kahyla. La yajjilarii los contemplaba con los ojos entrecerrados, una mano en el cuello de su kaintuli y la otra cerrada en torno al mango de su remo ceremonial.

Parecía más divertida que furiosa.

—Hoy no tocaba entrenamiento acuático, pero me encanta que hayáis tomado la iniciativa.

Con un rápido golpe de su arma, hizo otro agujero en el suelo de la balsa. El agua empezó a entrar más deprisa. Dani se puso rígido como una tabla.

—¡Oye! —se quejó Carla.

—Si subís al lomo de Ahunil sin que el ahuluna os coma —dijo Kahyla, señalando al ictiosaurio—, seréis dignos.

Y, tras esas palabras, abrió otro agujero en la balsa. El ictiosaurio hizo chasquear sus mandíbulas, encantado.

Elena no dudó ni un segundo. Dio un ágil salto y se encaramó fácilmente al lomo de Ahunil. Luego le tendió la mano a Dani, para que él y su mareo pudieran subir también. Antes de hacerlo, el gigantón cogió a Trasto en brazos y se lo lanzó a Kahyla como un balón de rugby. Un balón revoltoso y tozudo que se resistía a volver a la isla. Kahyla lo depositó sobre la piel mojada de Ahunil y el pequeño tricerátops bufó y resbaló, enfadado.

—¡Gracias, Dani! —gritó Lucas, cogiendo carrerilla para escalar por la rugosa piel del plesiosaurio.

Leo miró un segundo a la centinela. No le caía bien, pero conocía Pangea y sabía defenderse. Quizá Dani tuviera razón. Quizá pudiera ayudarlos a encontrar a su tía. Ignoró la mano que Kahyla le tendía y subió con los demás sin mirarla a los ojos.

Solo faltaba Carla. Estaba plantada en el centro de la balsa, lo más lejos posible de las dentelladas del ictiosaurio, con los brazos cruzados. El agua ya le llegaba por los tobillos.

—Yo no voy.

—Sube, orgullosa dayáir —ordenó Kahyla—. No me obligues a ir a buscarte.

—No. Haz que mi amuleto funcione y volveré a la isla. Volando.

—Como quieras —respondió Kahyla—. Entonces vuela.

Con un rapidísimo movimiento, la centinela dio un tercer golpe a la cubierta de cañas, y la balsa de Lucas se hundió como una piedra en un estanque.

Carla no gritó. Saltó sobre el hocico puntiagudo del ictiosaurio y, cuando el animal abrió la boca, ella apoyó los pies con elegancia sobre la punta de sus mandíbulas. Parecía una bailarina. **Dobló las rodillas, tomó impulso y salió disparada con tal potencia que, por un momento, pareció volar. Aterrizó sobre el lomo resbaladizo de Ahunil sin vacilar, sacudió la melena castaña y clavó los ojos en los de Kahyla, desafiante.**

—Guau... —murmuró Lucas.

La centinela rio.

—Has aprendido mucho, orgullosa dayáir.

—¿Entonces somos dignos de usar los amuletos? Es lo que has dicho.

—No —respondió Kahyla—. Sois dignos de conocer a la tahulu. ¡Ahunil!

El animal giró sobre sí mismo y nadó a toda velocidad hacia mar abierto. Los cinco se agarraron como pudieron a la piel y el cuello del plesiosaurio, y se asombraron cuando vieron que Kahyla saltaba al agua y los seguía, nadando como un delfín, a la misma velocidad que Ahunil.

Los chicos cruzaron los dedos para que la tahulu fuera más razonable que la centinela.

Y, sobre todo, para que les enseñara el camino de vuelta a casa.

Capítulo 4

PALABRA
DE TAHULU

Colgada de la pared de roca, a Carla se le ocurrieron cientos de comentarios sarcásticos sobre Kahyla, pero no hizo ninguno. Más que nada porque necesitaba todas sus fuerzas para agarrarse bien y no caer al vacío. Cuando miró hacia arriba, vio que Elena trepaba con las piernas abiertas como una araña, tratando de seguirle el ritmo a la centinela. Desde que habían llegado a Tazhlán, parecía empeñada en que la considerara digna del amuleto.

Se preguntó si lo desearía más que volver a casa.

Carla entendía a Elena porque ella misma se había esforzado toda su vida por destacar. Por eso sabía que era una pérdida de tiempo intentar impresionar a alguien a quien no le importas. Y estaba claro que a Kahyla le daba igual lo que les pasase porque, de lo contrario, no estarían colgados a treinta metros del suelo, subiendo a pulso por la roca desnuda con la única ayuda de unas sogas hechas de algas. Abajo no había agua ni arena, sino unas piedras tan afiladas que desde aquella altura parecían agujas. Y, volando a su alrededor, una bandada de quetzalcoatlus y pteranodones.

—¡Están esperando a que nos despeñemos para merendarnos! —jadeó Lucas, con un hilillo de voz—. ¡Son como buitres!

El pequeño inventor intentaba llegar a la altura de su hermana, aunque Carla le había adelantado. Saltaba de grieta en grieta como una pulga hiperactiva, tratando de no perder de vista a Kahyla. Primero, porque quería averiguar si el amuleto hacía que a la centinela le salieran ventosas en las manos y los pies, como los tentáculos del calamar vampiro. Lucas había visto una de esas criaturas (que Leo llamaba tusoteuthis) en Tazhlán y, desde entonces, estaba fascinado. Segundo, porque Trasto se ponía nervioso si él no estaba cerca.

Kahyla escalaba en cabeza, cargando al tricerátops en uno de los sacos de red de pesca que llevaba a la espalda. A juzgar por los berridos de la cría, la red no era demasiado segura. Antes de ponerse a escalar, Lucas se había ofrecido a hacerle algunas mejoras, pero Kahyla lo ignoró. Su única respuesta fue tirarle un par de rollos de cuerdas de algas trenzadas.

—Espero que recordéis los nudos que os enseñé —dijo y, sin esperar, se dio media vuelta y empezó a trepar.

El único que los recordaba era Dani, que en ese momento cerraba el grupo junto a Leo. Dani ya había escalado antes, así que iba el último para ayudar a los demás si hacía falta. Pero Leo sabía que, en realidad, su amigo no se fiaba de las sogas de Kahyla. Cada vez que las algas crujían o se tensaban demasiado, el gigante cerraba los ojos y se quedaba quieto, esperando caer al vacío en cualquier momento. Lo único que lo tranquilizaba era la voz de Leo que, para distraerlo, le hablaba sobre los pterosaurios o los reptiles marinos que se adivinaban en el mar.

Dani levantó la vista. Los demás ya estaban en lo alto del barranco, y sus voces le llegaban como ecos confusos. De pronto, abrió los ojos de par en par.

—¿Qué especies de dinosaurios tienen pelo? —preguntó, asustado.

Leo dejó de hablar sobre mosasaurios y lo miró, extrañado.

—¿Pelo? No hay evidencias científicas de que...

—Y entonces ¿eso qué es? —lo interrumpió Dani.

Leo alzó la vista. Efectivamente, en el borde del barranco había una enredada mata de rizos blancos, que aparecía y desaparecía dando saltitos. Era como una pelusa con hipo. De repente, de la pelusa salieron dos extremidades marrones, nudosas y flacas terminadas en cinco dedos delgados como agujas. Los dedos se clavaron en la soga de algas y dieron un fuerte tirón.

—¡Va a cortar la cuerda! —gritó Dani.

Leo intentó sujetarse a la pared de roca, pero la soga se sacudía tanto que no lo consiguió. De repente, el estómago se le encogió. Cerró los ojos, seguro de que estaba cayendo. Sin embargo, cuando volvió a abrirlos, vio que delante de él estaba aquella extraña mata de pelo blanco.

Dani y Leo colgaban de la soga en el borde del barranco, sujetos por aquellos brazos delgados y nudosos pero sorprendentemente fuertes. Leo se preguntó qué sería aquella extraña y fascinante criatura lanuda. Aunque probablemente aquel monstruo fuera a devorarlos, se sorprendió al descubrir que su curiosidad era más fuerte que el miedo.

La criatura dio un último tirón para dejarlos sobre el suelo.

Una mano humana apartó la mata de pelo. Frente a ellos apareció el rostro de una anciana morena, diminuta y arrugada.

—¡Gubashka y maymnami! Lentos, pesados, ¡siempre los últimos! ¡Culogordo! —dijo, dándole un pellizco a Dani en el trasero—. ¡Cabezota! —añadió, dándole un coscorrón a Leo—. ¡Vamos! ¡La rajkavvi está muerta de hambre! ¡Si no os dais prisa, igual os da un mordisco! ¡Ji, ji!

* * *

El silencio de la oscura sala se llenó de las exclamaciones de sorpresa de cinco chicos que, tras un largo viaje por mar y una escalada en roca desnuda, se maravillaron con lo que veían. Un suelo de nácar en forma de espiral por el que Trasto se lanzó a corretear. Un techo vegetal sostenido por vigas de caña del que colgaba un millar de figurillas de piedra, cristal y nácar. Una ventana circular con el marco hecho de conchas de colores donde Kahyla contemplaba el mar con cara de impaciencia.

Un repiqueteo rompió el silencio tenso. Piedra chocando contra cristal, cristal contra nácar, nácar haciendo resonar el interior hueco de las vigas de caña.

Kahyla se volvió.

—¡Lucas! —susurró Elena—. ¡No toques nada!

Para demostrar su inocencia, Lucas levantó las manos y señaló hacia un punto de la sala. Aunque tuviera ganas de investigar, el causante de aquel alboroto no era él, sino la extraña y diminuta anciana de cabello blanco y lanudo. En uno de sus esqueléticos brazos, la mujer sostenía un bastón de madera tallada, parecido al de Kahyla pero con forma de anzuelo curvo. Un anzuelo tan grande como para pescar reptiles marinos gigantescos. La anciana bailó sobre la espiral, con los callosos pies descalzos y el bastón en alto, mientras hacía tintinear las figurillas. Las mandíbulas de los chicos estaban tan abiertas que casi tocaban el suelo con la barbilla. Kahyla, en cambio, tenía los ojos entrecerrados y los labios apretados.

Parecía nerviosa.

La anciana giró sobre sí misma y se volvió hacia la centinela. Kahyla se apartó de la ventana e hizo una reverencia. Luego introdujo la mano en una de sus redes y sacó una lombriz enorme y gruesa, recubierta por una especie de moco viscoso y con una ventosa llena de dientes en un extremo.

—¿Una serpiente marina? —susurró Carla, muerta del asco.

—Un mixino —dijo Leo—. En nuestro mundo también hay: se llaman peces bruja.

—Un regalo para la arahere, tahulu. —Kahyla inclinó la cabeza y sostuvo en alto la criatura, como si fuera sagrada.

—¡Estupendo! ¡Ji, ji! ¡Oranawa se va a poner contentísima!

La anciana agarró el mixino por la cola, se acercó dando saltitos a la ventana y, tras tomar impulso, lo lanzó con fuerza. Después se asomó y contempló, satisfecha, cómo se precipitaba por el acantilando. La mosasaurio (ahora sabían que era hembra) sacó medio cuerpo del mar y la lombriz marina desapareció para siempre en su hocico de pesadilla. Cuando el animal se hundió en el agua, los chicos tragaron saliva a la vez. Ellos ya conocían el interior de aquella boca: no querían pensar en cómo sería su estómago.

La risa de la tahulu los trajo de vuelta a la cabaña.

—¡Son las golosinas preferidas de mi kaintuli! ¡Ji, ji! ¿A vosotros os gustan?

—Antes me muero que comerme esa cosa —murmuró Carla.

—Has comido muchas en Tazhlán —comentó Kahyla, con media sonrisa—. Y siempre te chupabas los dedos.

Carla se puso verde e infló los carrillos para contener la náusea, pero la tahulu no la tomó muy en serio.

Se arrodilló frente a ella, estiró los dedos huesudos y presionó ambos carrillos hasta que Carla soltó el aire en una divertida pedorreta.

—Los dayáir y los ahuluna se alimentan unos de otros. A veces un ahuluna grande se come un dayáir pequeño. —Abrió la mano imitando un pico y la cerró suavemente alrededor del cuello de Carla—. ¡Ñam! A veces, un dayáir grande se come un ahuluna pequeño. —La anciana se dio un fuerte golpe en la coronilla con su bastón—. ¡Ñam, ñam! Es el equilibrio de Tebel.

—¿Tebel? —repitió Leo—. ¿Es el nombre que le habéis puesto a este mundo?

—Tebel es su único nombre. Una de las pocas palabras que comparten las seis tribus. ¡No te hagas el tonto, muchacho! —Le dio un pequeño coscorrón con su bastón—. Los gubashka sois lentos de mente, pero también sabios dentro de esas cabezotas vuestras. ¡Ji, ji!

—¿Así que usted es la famosa tahulu? —Elena parecía decepcionada. Aquella anciana frágil y diminuta no le inspiraba ningún respeto—. Hemos estado a punto de morir varias veces solo para poder verla. Todo eso del ciclo de la vida es muy bonito, pero yo quiero saber qué hacemos aquí.

Kahyla apretó los puños y se puso tensa.

Dani le apoyó una mano en el hombro a su capitana. No sabían cuáles eran las costumbres en aquel lugar, ni qué consecuencias podía tener dirigirse a la anciana en ese tono. No era prudente. Elena se lo sacudió de encima y volvió a mirar a la tahulu con expresión desafiante.

La anciana dejó a la vista una sonrisa desdentada.

—¡Ji, ji! Menuda lengua —rio, acercando el bastón a los dientes de Elena.

Lucas se tapó los ojos. Estaba seguro de que su melliza iba a morder el bastón de la tahulu, pero las manazas de Dani la sujetaron de los hombros.

—No te esfuerces, gigante maymnami —dijo la anciana, retirándole las manos con el bastón—. No puede evitarlo. Lo lleva en la sangre.

—No apruebo los modales de la rajkavvi, pero tiene razón, tahulu —intervino Kahyla—. Necesitan saber. Y, cuanto antes sepan, antes podremos marcharnos.

Al escuchar aquellas palabras, la tahulu enderezó la espalda. La anciana pareció crecer diez centímetros y rejuvenecer veinte años. Cuando volvió hablar, no había risa en su voz.

—Yo decidiré cuándo y cuánto deben saber, Kahyla de los ahuluna. Antes, todos deberéis someteros a examen. Ellos, para saber si están preparados. Tú, para saber si los has entrenado bien.

Kahyla clavó la vista en el suelo, avergonzada.

—No te lo tomes mal, Kahyla —le dijo Lucas en un susurro—. A mí siempre me pasa lo mismo. A Elena nunca le echan la bronca, siempre tiene que ser la mejor en todo...

Su hermana le dio un codazo.

—En todo no, ¡ji, ji! —Rio la tahulu, moviendo el bastón frente a Trasto como si quisiera hipnotizarlo—. Tú ya has encontrado a tu kaintuli. Es el último paso para convertirse en yajjilarii, pero tú lo has convertido en el primero. Ingeniosos yiaulú. ¡Siempre curiosos, siempre sorprendentes!

—¿Todos los centinelas tienen un dinosaurio? —preguntó Leo, confuso.

—¿«Tener»? ¡Nunca tienen, no! Los kaintuli son compañeros, dos mitades de una misma alma. ¡Ji, ji! Tarde o temprano, encontraréis el vuestro. Os salvará la vida, ¡o vosotros se la salvaréis a él! —Volvió a reír, como si hubiera hecho un chiste en lugar de una profecía siniestra.

Todos la miraron horrorizados, pero los ojos de Kahyla se humedecieron. Estaba pensando en Ahunil.

—¿Cómo es posible que no sepáis lo que es un kaintuli? —preguntó la tahulu con el ceño fruncido—. Tendré que hablar seriamente con la tahulu o el tamudri de vuestras tribus.

—Pero ¿de qué habla esta mujer? —saltó Elena—. ¡Nosotros no venimos de ninguna tribu!

—Rajkavvi, respeta a la tahulu —advirtió Kahyla.

—Pero es cierto —intervino Leo—. No sabemos nada sobre los kaintuli, ni sobre los yajjilarii, ni sobre... ¿Tebel, lo llama?

—Nosotros venimos de otro mundo —remató Carla—. Con electricidad y agua corriente. Se lo recomiendo.

La tahulu apoyó ambas manos en su bastón para mantenerse erguida. Ahora su gesto era serio. Miró a Kahyla en busca de explicaciones.

—Se lo avisé, tahulu. Son débiles, lo hacen todo mal, no saben nada. Parecen bebés. Los yajjaali han debido de elegirlos por una razón, pero... no son dignos.

La tahulu entrecerró los ojos y volvió a dirigirse a Leo.

—Háblame de ese otro mundo, muchacho gubashka.

—Nuestro mundo se llama Tierra. Allí los gubashka, los dayáir, los ahuluna, los yiaulú, los maymnami y los rajkkavi existieron hace mucho tiempo. Nosotros los llamamos dinosaurios —dijo Leo, intentando explicarse—. En la Tierra, una piedra de fuego bajó del cielo y los mató a todos. —Extendió las manos—. Los humanos y los dinosaurios nunca convivieron. Sabemos que existieron porque hemos encontrado esqueletos, huellas... Mi tía era una experta en dinosaurios, una especie de tahulu. Entró a Tebel por una cueva y... encontró los amuletos. —Se llevó la mano al diente de piedra—. Luego, desapareció. Por eso estamos aquí: vinimos a buscarla. Pero fuimos a un templo y los yajjaali se llenaron de luz y... Y entonces los hombres-raptor intentaron quitárnoslos.

—Esos sucios rajkavvi... —gruñó Kahyla.

—¡No todos los rajkavvi son malos! —estalló Elena.

Kahyla se volvió hacia ella y la apuntó con el remo.

—Tu poder es peligroso y difícil de controlar. Igual que tú. Mi padre murió para que este mundo estuviera en paz, pero vosotros nunca aprendéis. ¡No pienso permitir que ensuciéis todo por lo que luchó!

—¡Y yo no quiero tus malditos poderes! —exclamó Elena. Se quitó el diente de piedra y lo estrelló contra el suelo—. ¡Solo quiero volver a casa y que nos dejéis en paz!

—¡Necia irrespetuosa! —rugió Kahyla, dando un paso adelante.

Rápida como un rayo, la tahulu se interpuso entre las dos. Con la punta del anzuelo recogió el amuleto del suelo y se lo tendió a Elena.

—Tranquila, Kahyla. No es culpa suya no entender. Es culpa nuestra, por no explicarnos —dijo, apoyándole una mano en el brazo—. Acompañadme.

La mujer agarró el bastón con las dos manos, dio un fuerte golpe en la espiral de nácar y desapareció con una de sus sonoras risitas. Cuando miraron al suelo, los chicos vieron que la espiral se había convertido en una escalera de caracol. La blanca mata de pelo de la anciana se perdía en la oscuridad del piso inferior a una velocidad que era impropia de su edad.

Kahyla suspiró y, sin decir palabra, la siguió.

Los jóvenes descendieron lentamente por los peldaños de piedra. Estaban en un túnel subterráneo, húmedo y oscuro salvo por la débil luz de una antorcha. Doblaron una esquina, y la tahulu levantó la mano para que se detuvieran. Luego le hizo un gesto a Kahyla. La centinela descolgó la antorcha y la acercó a la pared.

Frente a ellos aparecieron un montón de pinturas rupestres, parecidas a las que habían visto en la ciudad perdida, en los laboratorios de Zoic y en las cuevas que llevaban a su mundo.

—El relato del pequeño gubashka coincide con las leyendas sobre el origen de Tebel. Una piedra de fuego caída del cielo dividió el mundo, Ablam, en dos: Tebel y Lembel. En Lembel, la piedra de fuego mató a los avroy, los... ¿dinosaurios?

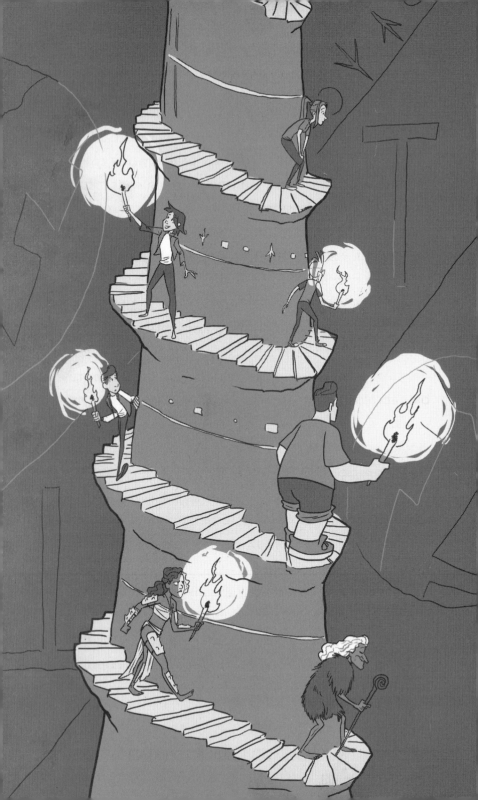

Leo asintió, y la tahulu se giró hacia otro conjunto de dibujos.

—En Tebel, los dinosaurios vivieron en paz durante muchas muchas lunas. Ambos mundos eran iguales, pero diferentes. Existían a la vez, pero no en el mismo momento, no en el mismo lugar. Hermanos. Los varay de Lembel —dijo la anciana, señalando unos monigotes que parecían figuras humanas— encontraron los portales a Tebel y llegaron después. La energía de la piedra de fuego sigue conectando ambos mundos. De esta energía tan especial nacieron los bayrad, los huevos de poder. Los bayrad permitieron a los varay hablar con los avroy. Así nacieron las seis tribus —dijo la tahulu, señalándolos uno a uno—: ahuluna, maymnami, yiaulú, gubashka, rajkavvi y dayáir.

Los chicos tocaron sus amuletos de piedra.

—De las cáscaras de piedra de los bayrad se tallaron los yajjaali —continuó la tahulu—. Se les entregaron a seis guardianes, elegidos para mantener el equilibrio entre las diferentes tribus.

—Los yajjilarii —dedujo Lucas.

La anciana asintió.

—Durante muchas lunas, las seis tribus vivieron en paz, pero un ambicioso centinela rajkavvi creyó que su tribu estaba por encima de las demás. Intentó hacerse con el control de todos los bayrad, dominar a las demás tribus. Hizo cosas horribles. Muchas vidas se perdieron. Los yajjilarii murieron.

Kahyla desvió la vista. Elena comprendió, de repente, que todo aquello le tocaba muy de cerca.

—Los rajkavvi fracasaron. Y, en el camino, muchos se corrompieron. Abusaron del poder de los bayrad y se convirtieron en algo mitad avroy, mitad varay. Se volvieron codiciosos, rencorosos. Como única heredera del poder de los amuletos, Kahyla fue la encargada de ocultarlos. Y ahora, los yajjilarii han vuelto.

—¿Qué? —Carla estaba alucinando—. ¿Creéis que nosotros vamos a sustituir a los otros centinelas?

—Los dientes os han elegido —respondió Kahyla—. Tebel os necesita.

—Es una enorme responsabilidad, una que no debe tomarse a la ligera. Tendréis que quedaros aquí y, si fuera necesario, dar vuestra vida por Tebel —les advirtió la anciana. Ahora parecía una persona distinta. Sabia y severa. Nada de risas, nada de locuras—. Los yajjaali os han elegido, sí. Pero vosotros también debéis elegirlos a ellos. Solo en ese momento seréis yajjilarii.

—¿Entonces podemos rechazarlos? —preguntó Dani.

—Por supuesto.

Uno a uno, los cinco jóvenes se quitaron los dientes del cuello y extendieron el brazo hacia la anciana. Tenían miedo de los amuletos, de aquel mundo, de aquella responsabilidad. El último en deshacerse del suyo fue Leo, pero ni siquiera él dudó. Quedarse significaría renunciar a su mundo. Renunciar a encontrar a la tía Penélope, al profesor. Dar su vida por Pangea.

Era demasiado, incluso para él.

—Entiendo —dijo la anciana, haciendo un gesto para que volvieran a ponérselos. Los miró con tristeza—. Os pido disculpas. Mañana partiréis hacia el portal. Kahyla os llevará. Cuando estéis a salvo, entregadle a ella los yajjaali.

Enfadada, Kahyla desapareció por las escaleras. El puñetazo de frustración que dio en la pared fue tan fuerte que todos temieron que la gruta subterránea se derrumbara. No querían quedarse atrapados allí.

Especialmente ahora que habían encontrado la forma de escapar de Pangea.

Capítulo 5

LOS FANTASMAS DE LA JUNGLA

La soberbia dayáir preguntó si hacía falta que los acompañara. El gigante maymnami preguntó si tenía un mapa y se ofreció a guiar al grupo hasta el portal. El yiaulú y su travieso kaintuli le pidieron una chispa de su yajjaali: la energía justa para llegar a su destino. La rajkavvi se enfureció al descubrir que podían haber llegado a la cabaña de la tahulu sin necesidad de escalar. El gubashka fue el único que no protestó. Se cerró en sí mismo y protegió sus pensamientos con la coraza típica de su tribu.

Kahyla tampoco quería ir con ellos. Si por ella fuera, los habría soltado en la jungla para que los devorara algún rajkavvi. Las semanas de entrenamiento les habían endurecido los músculos y el ingenio, y eso los hacía menos apetitosos a ojos de los carnívoros, pero ellos no lo sabían. El gubashka, que era el que mejor comprendía a los avroy, quizá lo sospechara.

Pero eso ya daba igual.

En realidad, Kahyla se conformaba con perderlos de vista. Sabía que ellos no tenían la culpa de no entender su mundo. De que ella lo hubiera perdido todo en la guerra contra los rajkavvi. De que hubiera tenido que asumir el papel de centinela demasiado pronto. Y, aun así, no entendía su decisión de no querer proteger Tebel. Eso le recordó la conversación que había tenido con la tahulu antes de partir.

—¿Por qué tengo que acompañarlos? —quiso saber Kahyla—. El entrenamiento de los yajjilarii corresponde a la tahulu, no a otro centinela.

—Tú misma lo has dicho: no son los yajjilarii. No quieren serlo —respondió la anciana—. Además, yo soy demasiado vieja.

La anciana estaba seria, como siempre que hablaba con ella. Para Kahyla, la tahulu nunca tenía risas, pero Kahyla tenía la sensación de que siempre se reía de ella.

—¿Es otra misión? —preguntó, suspicaz—. Lo es, ¿verdad?

—No. Solo es una pobre anciana pidiéndote un favor.

Kahyla cerró los puños.

—¿Por qué me mientes, tahulu? Creía que me considerabas digna.

—Te ha tocado vivir tiempos difíciles, Kahyla de los ahuluna. Has demostrado estar a la altura. Tu padre estaría orgulloso de ti, y yo también lo estoy. Pero no puedes hacerlo todo sola.

Tras aquellas palabras, la tahulu volvió a bajar a las grutas subterráneas. Y Kahyla tuvo de nuevo la sensación de que se reía de ella. La había dejado sola con aquellos críos que no sabían nada, que no entendían nada.

Que, seguramente, la odiaban.

Por fortuna, el descenso fue silencioso. Los peldaños de la escalinata de piedra eran altísimos, prácticamente verticales, y chorreaban agua de mar. Los chicos tenían que agarrarse con uñas y dientes para no resbalar. Ya había tenido que salvar al kaintuli del yiaulú de romperse los cuernos montaña abajo más de una vez. Al final había decidido volver a cargárselo a la espalda. La cría se retorcía como un pescado vivo, pero al menos ya no chillaba.

Así podría pensar en cómo deshacerse cuanto antes de aquellos desagradecidos.

Llegaron al pie de la montaña sin accidentes. La escalinata terminaba casi en la playa. Kahyla dejó a Trasto en el suelo y echó a andar por la orilla, por una franja de tierra que solo aparecía cuando la marea estaba baja. Llevaba recorrida casi la mitad cuando se dio cuenta de que estaba sola, sola de verdad. Ni uno solo de los falsos yajjilarii la seguía. Se habían quedado plantados en la arena, contemplando el poblado como si nunca hubieran visto ninguno. Kahyla solo les veía la espalda, pero supuso que tendrían la boca abierta.

—¿Esto ha estado aquí todo el rato? —preguntó Lucas, fascinado.

La aldea que tenían enfrente estaba formada por cabañas parecidas a la de la tahulu. Algunas se apoyaban en tierra y otras se adentraban en el mar, construidas sobre plataformas flotantes que llegaban hasta la orilla. Por las bamboleantes calles paseaban nativos de piel morena y cabello rizado que muy bien podrían haber sido parientes de Kahyla. Algunos gritaban en puestos de comida. Otros transportaban sacos en polacanthus y edmontonias de carga. Otros montaban iguanodones y arenysaurios equipados con sillas y riendas, como caballos. Otros navegaban sobre reptiles marinos más allá del horizonte.

—Es como la ciudad muerta donde nos atacaron los terópodos —murmuró Dani.

—Pero esta está viva —respondió Leo, dando un paso hacia la aldea.

Kahyla se colocó frente a él.

—El camino al portal es ese —dijo, señalando en la otra dirección.

—¿No podemos dar una vuelta? —suplicó Lucas.

El pequeño inventor babeaba de pura curiosidad mientras señalaba una especie de grúa hecha de juncos. En el interior de la máquina había un braquiosaurio, que la manejaba lentamente con su enorme corpachón. El gancho de la grúa se sumergía en el agua

siguiendo las instrucciones de los habitantes del poblado. Lucas lo vio salir con una red llena de peces, que dejó sobre el caparazón de una tortuga que debía de medir, al menos, cuatro metros de la cabeza a la cola.

—Guau, una tortuga Archelón —murmuró Leo—. Y mira qué graciosos los notosaurios —añadió, señalando a las criaturas tumbadas en el muelle. Parecían focas, pero sus hocicos eran alargados y estaban llenos de dientes—. ¿Los ahuluna también conviven con dinosaurios de otras tribus?

—Todos los avroy son capaces de vivir en paz en las tribus —respondió Kahyla. Luego añadió, mirando a Elena—: Todos. Después de la guerra, simplemente decidimos no entrenar a los rajkavvi. Demasiado peligroso.

—Podías habernos traído antes al poblado... —se quejó Carla.

—Hay muchas cosas que podría haber hecho —respondió ella—. Y las habría hecho si hubierais aceptado ser los yajjilarii. Pero habéis renunciado a Tebel.

Un par de pescadores llegaron corriendo y se inclinaron delante de la centinela. Depositaron a sus pies dos grandes celacantos. Ni siquiera se atrevieron a mirarla a los ojos, como si Kahyla fuera sagrada. La centinela de los plesiosaurios aceptó las ofrendas con un movimiento de cabeza y las guardó en su red de pesca. Los hombres dieron media vuelta y volvieron apresuradamente al poblado.

—Vamos. Por el camino aprenderéis de mi mundo mucho más de lo que merecéis.

Kahyla enfiló de nuevo la franja de arena, cada vez más estrecha, que conectaba la aldea con tierra firme y se adentraba en la jungla.

Esta vez, no se giró para ver si dejaba a alguien atrás.

***

Llevaban horas caminando por el sendero, ocultos del sol y las miradas indiscretas por las matas de helechos arborescentes. En un momento en que la vegetación se hizo menos densa, Carla pudo ver una franja de agua a lo lejos.

—¿Hemos caminado junto a la costa todo este tiempo? —preguntó, molesta—. ¡Podrías habernos traído por mar!

Kahyla enarcó una ceja como si no entendiera, aunque era evidente que sí.

—¡En tu plesiomonstruo! —insistió Carla.

91

—Ahunil no es mi sirviente. Es mi compañero de vida. Unidos para siempre, pero no siempre de acuerdo. Él no quería acompañaros.

—Entonces sí que estabais de acuerdo, a mí no me engañas —rezongó Carla.

Kahyla sonrió de medio lado, pero no dijo nada más.

—¿Y qué vamos a hacer con Trasto cuando nos vayamos?

Elena señaló al pequeño triceratops, que en aquel momento jugaba a entrar y salir de los helechos, persiguiendo a una familia de animalillos peludos con pinta de zarigüeya. Cuando escuchó su nombre, se detuvo y los miró con ojos tristes.

—¡Trasto! —llamó Lucas, intentando cambiar de tema—. Deja en paz a los triconotontos y ven conmigo.

—Triconodontos —corrigió Leo—. Son protomamíferos del Triásico tardío y no son peligro...

—Me da igual. Trasto, tú aquí. A mi lado —ordenó. Después se acordó de lo que había dicho Kahyla y, mirándola de reojo, añadió—: Si quieres, claro.

La cría fue trotando hasta él, feliz, y frotó el lomo contra una de sus piernas. Lucas se agachó para acariciarlo entre los cuernecitos.

—Así puedo protegerlo si aparece un carnívoro —dijo.

Kahyla y Elena resoplaron entre dientes.

—¿Qué? —protestó Lucas, poniéndose colorado—. ¡Llevo toda la vida defendiéndome solito de los abusones! ¡Así que protegeré a Trasto aunque ya no tenga mi diente!

—Claro —se burló su melliza—. Tú solito...

—Tú tampoco podrías protegerlo —dijo Kahyla, dirigiéndose a Elena—. Sin tu yajjaali no eres más que una presa. Como lo era yo antes de recibir el mío.

—¿Y cómo llegaste tú a ser centinela? —preguntó tímidamente Leo.

Kahyla sabía que el gubashka necesitaba saber, aunque no hablara a menudo. De todos los falsos yajjilarii, él era quien más disfrutaba de las historias que ella les contaba. Aun así, Kahyla no iba a bajar la guardia. No pensaba revelar nada sobre el mundo que se habían negado a proteger, su mundo. Habían renunciado a ese derecho. Así que solo dijo:

—La tahulu fue yajjilarii antes que mi padre y, cuando él murió, se encargó de entrenarme. Igual que yo os he entrenado a vosotros.

Leo era una persona reservada. Solía escuchar a los demás y respetar sus silencios. Además, Kahyla le intimidaba. Pero, en aquel momento, la curiosidad era superior a él. No sabía cuánto tiempo le quedaba para aprender de aquella chica, que conocía a los dinosaurios mejor que cualquier paleontólogo de su mundo. Abrió la boca para hablar, pero sus preguntas se perdieron en el aire cuando levantó la vista y miró hacia el horizonte.

Delante de ellos ya no había helechos. Kahyla los había guiado hasta una gran llanura, en cuyo centro Leo distinguió un enorme lago. Repartidas por la llanura había zonas boscosas y, sobre las copas de los árboles, vio las cabezas de unos enormes saurópodos llamados camarasaurios. Calculó que el más grande de todos mediría unos veinte metros de la cabeza a la cola. Supo que era un ejemplar maduro porque eso era lo que medía el esqueleto fósil hallado en una de las excavaciones de su tía Penélope. Junto a su cabeza pasaron varios pterosaurios pequeños, con una larga cola terminada en una especie de aleta y un afilado pico lleno de dientes. Perseguían a unas criaturas bípedas y un poco regordetas, de unos siete metros de largo, que correteaban torpemente por la llanura intentando sacudírselos de encima.

—Mira qué graciosos —rio Carla.

—Ranforrincos —señaló Leo—. Comen peces, así que supongo que solo están chinchando a esos camptosaurios.

—Pues menuda gracia —comentó Lucas—. Oye, ¿y los camptosaurios son míos o de Dani?

—Son yiaulú —declaró Kahyla.

La centinela desenrolló su látigo de algas trenzadas y lo sacudió en el aire. Al oír el chasquido, los ranforrincos dejaron de perseguir a los camptosaurios, y estos frenaron en seco. Uno de ellos se acercó dócilmente a la yajilarii, e inclinó la cabeza en una especie de reverencia. Kahyla le apoyó la mano sobre la frente y cerró los ojos. Su amuleto brilló.

—¿Qué pasa, Kahyla? —preguntó Elena, al verla tan concentrada.

—No es asunto vuestro —respondió la centinela, separándose del camptosaurio—. Preparad el campamento. Esta noche dormiremos aquí.

Pero ellos no obedecieron. Cuando vieron la expresión de la centinela, tuvieron la certeza de que había pasado algo grave, aunque no sabían qué. De repente, sintieron que un escalofrío les recorría la espalda.

La llanura estaba en sombra.

Y los ojos de Kahyla también.

* * *

Desde que había salido de Dyarevny, todos los días de Penélope eran prácticamente iguales. Se despertaba al alba con la escolta del tamudri, recorrían la jungla, paraban a cazar o pescar, comían frutas, plantas o flores y seguían caminando hasta el atardecer. Luego preparaban la hoguera, cocinaban la cena, distribuían las guardias, dormían.

Y vuelta a empezar.

Así eran los días tranquilos, cuando no se cruzaban con ningún carnívoro. De momento, habían tenido pocos días agitados.

Penélope no se quejaba. Estaba acostumbrada a explorar, a la vida al aire libre. Tener que huir, esconderse o, incluso, enfrentarse a los depredadores, en realidad, la llenaba de emoción. El asombro que sentía siempre era mayor que la sensación de peligro.

Los hombres y mujeres que formaban su escolta pensaban que estaba loca. A ella le habría gustado contarles su punto de vista: los fósiles a los que había dedicado toda su carrera habían cobrado vida. ¿Cómo no iba a estar emocionada?

Pero no podía explicarles nada. Desde que se marcharon de la aldea, había perdido la capacidad de comunicarse con ellos. Su intuición científica le decía que eso tenía que ver con el huevo de luz anaranjada de la aldea, aquel objeto sagrado que llamaban bayrad.

Fuera como fuera, sus días estaban llenos de silencio.

Los tranquilos y los agitados.

Penélope no terminaba de acostumbrarse a estar tan sola en compañía. Las preguntas casi le escocían en la punta de la lengua. Aquella gente sabía más sobre los dinosaurios de lo que ella jamás llegaría a descubrir estudiando sus fósiles. Además, aquel silencio forzado le dejaba mucho tiempo para pensar.

Para pensar en Leo.

Aquel mundo era la pasión de su vida, pero Leo era su vida.

Si Penélope lograba sobrevivir a aquellos días en la jungla, era gracias a él. A la certeza de que estaba vivo. A la necesidad de encontrarle.

Pronto, muy pronto.

Eso era lo último que se decía antes de terminar un día idéntico al anterior. Y lo primero antes de comenzar el siguiente.

Nombre científico: *Baryonyx walkeri*

Grupo: terópodo, espinosaurio

Cuándo vivió: hace 130 millones de años, Cretácico inferior

Dónde vivió: Europa

Alimentación: piscívoro/carnívoro

Tamaño: entre 7 y 10 metros de largo

Su nombre significa «garra pesada de Walker» y hace referencia a las enormes garras de sus manos y a su descubridor, William Walker.

Sus restos fósiles se descubrieron en Inglaterra y se encuentran en el Museo de Historia Natural de Londres.

Otra info:

Restos fósiles muy semejantes se han encontrado en España en zonas como La Rioja o Castellón.

Sus dientes y su hocico muestran que estaba adaptado a la dieta piscívora, aunque no parece estarlo tanto a una vida anfibia como su pariente *Spinosaurus*.

Capítulo 6
EL EQUILIBRIO

La caricia de un rayo de sol que se colaba entre las hojas despertó a Lucas. Debería haber sido agradable, pero a él le sorprendió. Trasto estaba hecho un ovillo a la sombra de un helecho, roncando como un dragón resfriado. Desperdigados bajo las ramas como un bicho bola, un oso panda y una leona, respectivamente, dormían Leo, Dani y Elena. Carla estaba encaramada a una rama, perfecta como una estatua de mármol. La habría contemplado durante horas. Pero de Kahyla no había ni rastro.

Eso era lo que le inquietaba.

La centinela nunca los despertaba después del amanecer. Además, la tarde anterior había estado muy rara. No les había dado órdenes, ni les había regañado. ¿Y si había decidido abandonarlos? ¿Cómo encontrarían el camino? ¿Cómo sobrevivirían en la jungla sin sus poderes?

El ataque de pánico duró solo un momento. El miedo no les sacaría de aquel lío. Y, tras mirar a su hermana, Lucas decidió que la fuerza bruta tampoco. Así que el pequeño inventor puso a trabajar su mejor herramienta.

El ingenio.

Se acercó al helecho sin hacer ruido y recogió su mochila. Abrió la cremallera con cuidado y sacó una pequeña esfera metálica con patas de araña. Su memoria contenía una copia de los mapas de Pangea que habían hecho las máquinas de la ingeniera Merón.

Lucas sabía que Bibot era su única esperanza.

Abrió su navaja multiusos (mejorada por él mismo, por supuesto), y empezó a enredar entre los cables del aparato. Con las gafas en la punta de la nariz y la lengua asomando entre los labios, trabajó hasta que la luz del sol se hizo más intensa. Justo cuando vio que una de las patitas se movía, una gota de sudor le cayó de la punta de la nariz y fue directa a las tripas robóticas de Bibot.

Un chisporroteo y una voluta de humo más tarde, el robot estaba muerto de nuevo.

—¡Casi lo tenía! —protestó Lucas, dejándolo caer al suelo.

Se dio cuenta de que había gritado cuando escuchó un bufido a sus espaldas. Se volvió, empapado en sudores fríos, esperando que lo recibiera el aliento cálido y podrido de un carnívoro. Pero detrás de él estaba Kahyla, mandándole callar con un dedo apoyado en los labios.

Puestos a elegir, casi hubiera preferido al carnívoro.

El pequeño inventor intentó disimular, pero los ojos se le fueron solos al cadáver de chatarra del robot. Con sus reflejos de depredador marino, Kahyla lo cogió del suelo antes que él. Lucas saltó y levantó los brazos para recuperarlo, pero no sirvió de nada.

La centinela sostuvo la arañita robótica de una pata, como si fuera un animal venenoso, y le arrancó otra.

—¡No lo rompas! —se alarmó Lucas—. ¡Todavía se puede reparar!

Kahyla le miró, con la cabeza ladeada.

—¿Está vivo? ¿Siente dolor?

—Es una máquina —explicó Lucas—. No está vivo, no piensa. Solo recibe órdenes.

—No siente dolor, pero lo causa —murmuró Kahyla, tocando la punta afilada de otra de las patas—. Virzeg.

Pronunció aquella palabra como si le hiciera daño. Dejó los restos de Bibot en el suelo lentamente, con desconfianza. Luego, señaló a los demás y dijo:

—Despiértalos. Aún queda mucho camino por delante.

* * *

En ocasiones, cuando la vegetación era espesa y estaba segura de que los falsos yajjilarii no podían verla, Kahyla echaba la vista atrás. Ya no lo hacía para regañarlos, ni siquiera para comprobar que estuvieran bien.

Ahora los miraba con asombro.

Los cinco la seguían sin hacer ruido, ágiles, respetuosos, cautos. Ya no había lamentos, ni protestas. Habían aprendido mucho, y muy rápido. Si hubieran aceptado los yajjaali, habría podido convertirlos en buenos yajjilarii a pesar de su juventud e ignorancia. No entendía por qué la tahulu los había dejado marchar. Con unas cuantas risas menos y unos cuantos bastonazos más, habría conseguido que aceptaran su responsabilidad.

Kahyla se acercó a Dani y apuntó al cielo. A unos doce metros de altura se balanceaba la cabeza de un gigantesco saurópodo. Muy cerca había una pareja de criaturas casi idénticas, con el lomo ligeramente más alto. De la cabeza a la cola medían, al menos, treinta metros.

—Mira, maymnami. ¿Te ha dicho el gubashka cómo se llaman?

—Ese de ahí es un turiasaurio —dijo Dani, señalando al que estaba solo—. Y esos dos son losillasaurios.

Kahyla no reía a menudo, pero no podía resistir las carcajadas cada vez que escuchaba los ridículos nombres que daban a los avroy.

—Kowa, Marana, Rongi —los llamó ella con un grito—, ¿qué hay de comer hoy?

Los fuertes cuellos de los dinosaurios se movieron como uno solo. Las ramas del árbol del que estaban picoteando temblaron bruscamente, y de sus hojas empezó a caer una tormenta de objetos redondos.

—¡Cuerpo a tierra! —avisó Lucas, saltando sobre Trasto para protegerlo.

Riendo con malicia, Kahyla contempló cómo sus alumnos esquivaban la lluvia de fruta madura y se ponían rápidamente a cubierto.

—Vaya, pensé que os parecería... divertido —soltó la centinela, saboreando uno de los frutos mientras el jugo le resbalaba por la barbilla.

—Para mí que en Pangea tenéis roto el sentido del humor —comentó Carla.

En ese momento, una fruta voló por el aire y se le estrelló en la nuca, dejándole el pelo pringoso y lleno de zumo.

—No seas estirada, pija. Diviértete un poco.

—¡Elena! —gritó Carla, fulminándola con la mirada.

Elena le guiñó un ojo a Kahyla, y luego le lanzó un certero frutazo a la cabeza. Kahyla lo esquivó fácilmente y, con una sonrisa pícara, le tiró otra a Dani. Al segundo siguiente, todos, lo quisieran o no, estaban enzarzados en una batalla frutal. Durante unos minutos, los jóvenes olvidaron que estaban perdidos en una jungla llena de peligros, y volvieron a ser chicos sin ninguna preocupación. Kahyla permitió, incluso,

que descansaran bajo la sombra del árbol y saborearan a gusto los manjares de los maymnami.

La centinela parecía de buen humor, así que Leo se atrevió a preguntar:

—Kahyla, ¿cómo funcionan los yajjaali?

Temió haber vuelto a meter la pata, pero, para su sorpresa, Kahyla respondió:

—Los yajjaali son reliquias muy complejas. Eligen a sus portadores, los yajjilarii, según su carácter. Alguien fiero e impulsivo conectará con los rajkavvi; alguien pacífico y sabio, con los maymnami; alguien inquieto y curioso, con los yiaulú; alguien obstinado y resistente, con los gubashka. Un yajjilarii dayáir amará el cielo, y uno ahuluna no podrá vivir lejos del mar.

—¿Entonces uno elige al otro y, cuando se unen, ya no se pueden separar? ¿Como un kaintuli? —preguntó Lucas, rascando a Trasto detrás de la cresta.

—Algo así —asintió Kahyla—. Por eso los rajkavvi no pudieron arrebatároslos: un yajjaali responde únicamente ante su yajjilarii. Su poder solo puede pasar a otro si el centinela renuncia a él o...

—¿O? —quiso saber Carla.

Kahyla se llevó la mano al amuleto y acarició con los dedos la cadenita de conchas de la que colgaba. Se estremeció.

—O pierde la vida.

Todos guardaron silencio durante unos segundos.

—Pero si eres la yajjilarii de los ahuluna —quiso saber Leo, antes de que volviera a cerrarse en sí misma—, ¿por qué puedes hablar con los otros dinosaurios?

—Puedo comunicarme con todos, pero no todos responden ante mí —explicó Kahyla—. Gracias al poder de los bayrad, los yajjaali también sirven para entender todas las lenguas. Si no, yo no comprendería una palabra de lo que decís, ni vosotros de lo que digo yo.

—¡Como una aplicación de traducción simultánea! ¡Qué guay! —exclamó Lucas, fascinado.

—Los yajjilarii no son guerreros protectores sino, más bien, embajadores de paz —dijo Kahyla—. Se encargan de custodiar el poder de los bayrad y vigilar que ninguna tribu se imponga sobre las otras. Cuando los bayrad están en armonía, Tebel está en paz. Solo así se consigue el asawa. El...

—El equilibrio... —murmuró Carla. Todos la miraron, sorprendidos—. ¿Qué pasa? Ya os he dicho que se me dan bien los idiomas.

—Equilibrio —asintió Kahyla—. El equilibrio se rompió durante el Parajjani, la gran guerra contra los rajkavvi. En lugar de cumplir con su deber, su yajjilarii decidió...

Kahyla dejó la frase a medias y clavó los ojos en Trasto. El tricerátops se había incorporado y tenía la cola muy estirada, en tensión. Parecía listo para echar a correr en cualquier momento.

La centinela les pidió con un gesto que no hablaran y afinó el oído.

—Yiaulú, tu kaintuli acaba de salvarnos la vida —susurró—. Seguidme. En silencio.

Lucas no hizo preguntas. Kahyla se ató a la espalda la red de pesca y Trasto subió de un salto y sin protestar. Sin hacer el más mínimo ruido, los cinco la siguieron por la jungla hasta donde estaba uno de los losillasaurios. Treparon primero por su cola y luego por su cuello, y se ocultaron entre las ramas de una araucaria.

—Kowa, Marana, Rongi, marchaos —les pidió Kahyla—. Están muy cerca.

—¿Quiénes? —preguntó Elena, impaciente.

—¿No los sientes? —escupió Kahyla, olvidando que Elena no llevaba su amuleto. Señaló al suelo—. Os están buscando.

Elena se asomó. Debajo de ellos corría a toda prisa una bandada de troodones. No le parecieron demasiado peligrosos, pero, un segundo después, el suelo retumbó y un carnívoro atravesó los helechos con urgencia. Y ese sí era un carnívoro de los grandes. Tenía un cuerno en la cabeza que casi arañaba las ramas más bajas de la araucaria. Medía unos dos metros de alto y casi seis de largo. Ya habían visto ejemplares parecidos, y Leo los había bautizado como ceratosaurios. El carnívoro miró a un lado y a otro. Como si buscase algo.

Elena se estremeció. Sintió ganas de llamarle. Si no lo hizo, fue porque Kahyla la tenía fuertemente sujeta de la cintura.

—Tranquila —le susurró—. Controla tus impulsos.

Elena la miró, confusa.

—No es culpa tuya —siguió Kahyla—: has usado tu yajjaali sin preparación durante demasiado tiempo. Su poder puede contaminar al portador, sobre todo si es un amuleto tan difícil de controlar como el tuyo.

—Los carnívoros no son malos —siseó Elena. Se sentía furiosa y no sabía por qué—. Solo son depredadores.

—Cierto. No son buenos ni malos. Simplemente, son. Y los necesitamos para mantener el asawa. Pero quienes controlan ahora su bayrad sí son malvados. Y lo son porque se dejaron dominar por su poder, porque se creen superiores. Piensan que todas las demás tribus son débiles y deberían estar a su servicio.

Al principio, Elena se retorció y pataleó. Poco a poco, fue asimilando las palabras de Kahyla y la rabia que hervía en su interior se calmó. **Cuando ya se había tranquilizado, fue Kahyla la que se tensó. Había un nuevo ruido y, esta vez, todos podían oírlo: una especie de silbido chirriante, como si algo arañara el aire. El ceratosaurio emitió un rugido desgarrador.**

—¿Más carnívoros? —preguntó Carla, inquieta.

—No —respondió Kahyla—. Virzeg.

El ceratosaurio dejó de husmear entre las ramas de la araucaria y corrió despavorido hacia la jungla. ¿Qué podía hacer huir a una criatura como aquella?

A lo lejos, las ramas se agitaron violentamente y una llamarada iluminó el aire.

—Quedaos aquí.

Kahyla se deslizó como un gato, se descolgó ágilmente de la rama donde se habían encaramado y aterrizó sin hacer ruido entre los helechos. Aún no se había incorporado cuando Elena apareció a su lado.

—¿Qué haces? —Kahyla arrugó el rostro, furiosa—. No sabes lo que...

Elena no le dejó terminar la frase.

—Lo sé mejor que tú: vienen de mi mundo.

Señaló a lo alto de una pendiente. Seis criaturas de aspecto humanoide se abrían paso a través de los helechos. Era evidente que eran robots, pero parecían distintos de los que Elena conocía. Más... peligrosos. De los ojos de uno de ellos brotó un haz de luz azul que examinó el entorno. El robot emitió un chirrido y sus compañeros abrieron fuego hacia algún lugar fuera de su vista. Kahyla y Elena escucharon un rugido desgarrador y algo enorme que caía al suelo. No les hizo falta más para saber que el ceratosaurio estaba muerto.

El robot miró hacia donde estaban ellas y bañó los helechos en aquel frío resplandor azul.

Elena ya sabía lo que venía después.

—¡Al suelo! —dijo, abalanzándose sobre Kahyla.

Un helecho se incendió en el lugar donde un segundo antes estaba su cabeza.

La centinela se resistía a esconderse. Elena era fuerte y consiguió retenerla el tiempo suficiente para ponerla a salvo. Pero Kahyla, furiosa, le clavó los dientes en el hombro y se liberó de su abrazo.

—¡No! —gritó Elena—. ¡Son peligrosos!

—¡Yo no soy como tú! —escupió Kahyla—. ¡No renunciaré a mi deber de yajjilarii!

Y, diciendo eso, la centinela echó a correr como una fiera hacia los virzeg.

Nombre científico: *Camptosaurus dispar*

Grupo: cerápodo, ornitópodo

Cuándo vivió: hace 150 millones de años, Jurásico superior

Dónde vivió: Norteamérica

Alimentación: fitófago (herbívoro)

Tamaño: hasta 7 metros de largo

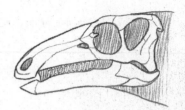

Estos ornitópodos eran los antepasados de los *Iguanodon* y convivieron con los grandes dinosaurios jurásicos.

Sus primeros fósiles fueron descubiertos en el siglo XIX por O. C. Marsh durante la Guerra de los Huesos.

Otra info:

Restos fósiles de ornitópodos muy parecidos se han encontrado en Europa, incluida la península ibérica.

Capítulo 7

PELIGROS DE OTRO MUNDO

Kahyla esquivó las lenguas de fuego que surgían de las patas de aquellos seres brillantes. Iba directa hacia ellos, con la única protección de su remo de madera, su látigo de algas trenzadas y su red de pesca. Aquellos esqueletos de metal, sin embargo, no huían, ni tampoco avanzaban. Ni siquiera intentaban protegerse. Solo disparaban y disparaban y disparaban. Eran como cáscaras vacías. Criaturas sin alma a las que les daba igual matar que morir.

Virzeg.

El yiaulú de la llanura se lo había advertido. Kahyla llevaba semanas oyendo los rumores, pero había estado tan distraída con el entrenamiento de los falsos yajjilarii que ni siquiera se lo había mencionado a la tahulu.

Un error que se disponía a remediar.

La centinela llegó a lo alto de la pendiente. Lanzó su látigo para atrapar el arma del virzeg que tenía más cerca. La criatura no se resistió, y Kahyla lo desarmó en dos movimientos. Se giró y echó el brazo atrás para desarmar al siguiente.

Pero lo que vio la dejó petrificada.

Frente a ella había un gigante reluciente que superaba en tamaño a cualquier rajkavvi al que se hubiera enfrentado nunca. Los virzeg le habían parecido frágiles, casi incapaces de hacerle daño. Pero ahora tres de ellos se habían unido para formar un monstruo lleno de brazos y patas terminadas en puntas afiladas, cañones que disparaban rayos de fuego y pinzas que intentaban atraparla. Despedazarla.

Intentó retenerlos con el látigo y la red de pesca, pero el monstruo los cortó con facilidad. Los rayos de fuego acertaron en la madera de su remo, que se incendió como una ramita. Mientras trataba de apagarlo y esquivar a aquel monstruo, los otros tres virzeg aprovecharon para unirse también.

Kahyla estaba rodeada.

Se llevó la mano libre al yajjaali. Primero acarició la cadenita de conchas y, luego, la superficie caliente de piedra. Pensó en pedir ayuda, pero no había agua cerca. Así que se concentró en mandarle un mensaje a Ahunil. Necesitaba despedirse de él. Que supiera que había muerto cumpliendo su deber. Cerró los ojos cuando los dos virzeg se abalanzaron sobre ella: no quería que esa fuera la última imagen que viera Ahunil.

No lo fue.

Kahyla notó un temblor de la tierra a sus pies. Cuando abrió los ojos, uno de los virzeg había caído.

Tenía el pecho abollado, y una enorme piedra rodaba por el suelo.

—¡Buen tiro, Dani! —Detrás de ella, la voz de la rajkavvi resonó en sus oídos, fuerte y clara—. ¡Te toca, hermanito!

Kahyla se volvió a tiempo de ver cómo el maymnami y la rajkavvi derribaban al otro gigante de metal de dos certeras pedradas. Mientras tanto, el gubashka y la dayáir habían entrelazado los brazos para formar una catapulta humana. El yiaulú corría hacia ellos a toda la velocidad que le permitían sus cortas piernas. Su kaintuli intentó unirse al plan.

—¡No, Trasto, tú te quedas! —gritó, dándose impulso.

La cría de tricerátops bufó, pero se hizo a un lado mientras el yiaulú saltaba a la catapulta, y el gubashka y la dayáir lo lanzaban sobre uno de los robots. Gracias a su pequeño tamaño, consiguió esquivar las pinzas de los virzeg, que se retorcían panza arriba y trataban de atraparlo. El yiaulú sacó su navaja y se puso a desmontar cables y tornillos con rapidez y seguridad. En cuestión de segundos, los robots empezaron a retorcerse y chispear ante los ojos asombrados de Kahyla.

Fue la rajkavvi quien la zarandeó para devolverla a la realidad.

—¡Kahyla! ¡Te necesitamos!

Ágil como una ardilla, Lucas se bajó de la armadura metálica del robot justo antes de que Kahyla lo destrozara a golpes y lo mandara rodando pendiente abajo. El pequeño inventor sonrió y les mostró a todos un auténtico botín de piezas sueltas, cables y lucecitas.

—¡Chicos! ¡Creo que con esto podré reparar a Bibot! Si me dais un rato...

—No. —Kahyla empujó lo que quedaba del otro robot a las profundidades de la jungla—. Tenemos que movernos. Podría haber más. No sabemos dónde... No sabemos cómo... No sabemos.

Era la primera vez que veían a la centinela insegura. La habían visto enfrentarse a terópodos gigantes, a raptores de garras afiladas y a los robots de la ingeniera Merón. Pero ahora se encontraba confusa, perdida. Elena la agarró de la muñeca y la miró a los ojos.

—Kahyla, nosotros sí sabemos. Son máquinas de nuestro mundo. Mi hermano es un experto en ellas.

—Un yajjilarii de los virzeg —añadió Carla.

Kahyla miró a Lucas, esperanzada.

—Bueno, no tanto —respondió Lucas, rojo hasta la punta del flequillo.

—Si no llega a ser por ti, no lo contamos —le dijo Leo, agradecido, antes de añadir—: ¿Qué hacían aquí? ¿Los habrá enviado Zoic a buscarnos?

—Podría ser —respondió Dani, mirando al sol para orientarse—. Venían del oeste, y al oeste estaba el portal por el que entramos con...

No pronunció los nombres de la ingeniera, el explorador y el profesor. Era demasiado doloroso para todos recordar cómo Pangea, Tebel, o como se llamara aquel mundo, se había cobrado sus vidas.

—Pero estos robots no se parecen en nada a los otros —intervino Lucas, rompiendo el incómodo silencio—. Parecían más bien robots de...

—Ataque —terminó Elena.

—No. De exterminio —remató Carla.

Kahyla no necesitó que nadie le explicara qué significaba eso. Recogió del suelo los trozos de su látigo y su red y los restos quemados de su remo, y puso rumbo al este, la dirección opuesta de donde habían llegado los virzeg.

Esta vez no tuvo que pedir a los falsos yajjilarii que la siguieran.

* * *

Llevaban un buen rato caminando, en silencio y alerta, cuando frente a ellos aparecieron trotando dos parejas de raptores. Los dos primeros les llegaban por la rodilla y estaban cubiertos de un plumón oscuro que casi parecía pelo. Los otros dos eran bastante más pequeños y gráciles. Tenían plumas en el lomo, el cuello, la frente y los brazos, y una especie de colgajo de piel debajo de la mandíbula, como los pavos. Trasto fue el primero en detectarlos. Soltó un bufido grave y todos frenaron en seco. Todos menos Kahyla, que siguió caminando como si no los hubiera visto, y Elena, que se agachó para examinarlos.

—¿Qué son? —preguntó.

—Creo que son scipionyx —contestó Leo, señalando a los más grandes—. No estoy seguro, porque el único fósil que se conserva es de una cría, y estos son más grandes. Los otros parecen aviatyrannis. Todos son del Jurásico.

—¿También nos buscan? —le preguntó Carla a Kahyla, más interesada en el presente que en el pasado de los raptores—. ¿O huyen de los virzeg?

—Son criaturas perezosas, prefieren comer sobras a cazar —respondió Kahyla—. Se dirigen a la tribu.

—¿Nos llevas a la tribu de los terópodos? —preguntó Elena, alarmada.

Kahyla negó con la cabeza.

—Los rajkavvi ya no tienen tribu. Os llevo a Kijihelani.

—¿Y en Kijihelani viven los...? —preguntó Carla con tono impertinente.

Kahyla le apoyó una manaza en la nuca y guio su mirada hacia el cielo. Estaban al pie de una colina, y Lucas y Trasto corrían pendiente arriba, seguidos de cerca por Dani, Leo y Elena. Porque en la cima se elevaban, a diferentes alturas, las enormes cabezas de una manada de saurópodos: giraffatitanes, turiasaurios, losillasaurios, lohuecotitanes, braquiosaurios, europasaurios, diplodocos... En la parte posterior del cuello, todos llevaban una especie de cesta sujeta con enormes hebillas. Algunas transportaban frutas y hojas. Otras, humanos que dirigían las cabezas de los saurópodos con bridas, como si fueran caballos.

Carla estaba inmóvil, con la boca abierta.

—En Kijihelani viven los maymnami, orgullosa dayáir.

* * *

—Vaya, pues para ser la aldea de los bichos más grandes, es la más pequeña que hemos visto —comentó Elena, decepcionada.

—También la más bonita —rebatió Dani.

Tenía razón. Al pasar la loma, descubrieron una llanura donde, en palabras de Lucas, «era como si

hubieran apagado la jungla». El paisaje se parecía mucho al de los campos de su mundo: tierras cultivadas, árboles frutales, un lago con un molino de agua y unas altas construcciones de adobe y paja, como rascacielos primitivos. La aldea era pequeña, pero alta. Allí todo estaba construido pensando en los saurópodos.

Kahyla los guiaba por sus calles y ellos la seguían, asombrándose a cada paso. Sus habitantes también parecían sorprendidos de verlos. Dani se apartó un poco del grupo y se acercó a un improvisado tenderete de palos y hojas, donde tres nativos atendían a una cría de giraffatitán. La joven hembra tenía un corte feo e infectado en la cola muy parecido al que ellos le habían curado a la dacentrurus en la jungla. Un escalofrío sacudió al gigante de la cabeza a los pies, como una descarga eléctrica.

—Tomad —dijo Dani tímidamente.

Les ofreció un puñado de plantas medicinales y se apresuró a colocarlas sobre la cola de la cría. Había conservado algunas de las que había recogido en Tazhlán, por si hacían falta. Y ahora las necesitaban. Dani permaneció con los agradecidos nativos hasta que la giraffatitán se durmió. Las plantas la curarían; seguramente le salvarían la vida.

Kahyla le miró de reojo y sonrió, orgullosa.

—Fijaos, cada familia de dinosaurios tiene una función distinta —se dio cuenta Leo, observando la llanura. Había perdido su cuaderno de campo en el mar, y ahora lo echaba de menos—. Los saurópodos ayudan a los humanos con los trabajos pesados. Los ornitópodos y ceratopsios son monturas. Los tireóforos aran la tierra, derriban obstáculos...

Divertida, Elena señaló a Trasto, que correteaba por el pueblo jugando con todos los dinosaurios que encontraba por las calles.

—¿Crees que te dejará montarle cuando crezca, hermanito?

—No creo —rio Lucas—. ¡Pero molaría! Mira, ¡esas cestas son chulísimas! ¡Y las grúas también! ¡Y esos artilugios son como ascensores!

—A mí me gustaría saber cómo hacen la ropa —comentó Carla, examinando atentamente a los habitantes de la aldea—. ¿Cómo tiñen las telas? ¿De dónde sacan esos estampados tan alucinantes? ¿Y esas joyas que llevan al cuello?

Kahyla, sin embargo, caminaba como si hubiera visto aquello mil veces. Los habitantes de Kijihelani, humanos enormes, de piel oscura y cuello largo y elegante, se inclinaban a su paso, ya fueran hombres o mujeres, ancianos o niños. Los tenderos le ofrecían ropa y joyas; los campesinos, fruta y verdura. Hasta los dinosaurios parecían hacerle reverencias.

Kahyla se detuvo frente a un edificio particularmente alto.

—Esperad aquí —les pidió, apartando una cortina de cuentas muy parecidas a las que decoraban el cuello de los maymnami.

En cuanto la centinela desapareció por la puerta, los habitantes de Kijihelani se atrevieron a mostrar su curiosidad. Los mayores los miraron discretamente, pero los jóvenes no dudaron en acercarse a ellos. Una niña muy pequeña se montó en el lomo de Trasto y este, loco de alegría, empezó a dar vueltas sobre sí mismo. Otra se encaramó a la espalda de Dani como si fuera un monito. Curiosa, la niña examinó su pelo rubio y empezó a jugar con el colgante de su cuello. El diente de piedra quedó a la vista.

Fue como si el tiempo se hubiera detenido.

La niña bajó de un salto, asustada, y se inclinó en una profunda reverencia. Tras un momento de desconcierto, todos los presentes hicieron lo mismo y murmuraron rítmicamente una palabra que los envolvió como una música extraña.

—Ya-jji-la-rii. Ya-jji-la-rii. Ya-jji-la-rii.

Alertada por el murmullo, Kahyla salió por un lateral del edificio. Iba montada sobre un arenysaurio y en las manos sostenía las bridas de otros dos animales, ensillados y preparados para transportar a dos pasajeros cada uno.

—Arriba —les ordenó a los maymnani. Parecía molesta por lo que estaba viendo—. No es vuestro yajjilarii.

Los nativos se incorporaron, confusos, y se marcharon. Mientras se alejaban, no dejaron de mirar a Dani en ningún momento.

Kahyla esperó a que se fueran y, cuando estuvieron solos de nuevo, dijo:

—Rajkavvi, tú vendrás conmigo en Olong. Yiaulú, mete a tu kaintuli en la red. Irás con el gubashka en Danghu.

—Yo en eso no me monto —declaró Carla.

—Puedes ir a lomos de Shinwu —respondió la centinela—, o escalar hasta el templo.

Sin esperar la decisión de la dayáir, Kahyla le tendió una mano a Elena. Luego sacudió las riendas, y guio a su arenysaurio hasta el final de la avenida. **De ahí partía una larguísima escalinata hasta un edificio tan alto como todos en Kijihelani.**

Pero mucho más impresionante.

Nombre científico: *Ceratosaurus nasicornis*

Grupo: terópodo, ceratosaurio

Cuándo vivió: hace 150 millones de años, Jurásico superior

Dónde vivió: Norteamérica y Portugal

Alimentación: carnívoro

Tamaño: hasta 7 metros de largo

Terópodo primitivo que conservaba cuatro dedos en las manos. Su cráneo poseía un cuerno encima de las fosas nasales, y dos crestas semejantes a las de los *Allosaurus*.

Otra info:

Tradicionalmente fue considerado un género exclusivamente norteamericano, hasta que se encontraron restos fósiles semejantes en Portugal.

Capítulo 8

EL PODER DE LOS BAYRAD

A Osvaldo Arén lo despertó el ruido de sus herramientas al caer sobre el suelo de la gruta. Se había quedado dormido de pie, trabajando. Estaba agotado. Debía construir un ejército, y tenía que hacerlo cuanto antes.

Pero también necesitaba descansar.

Arrastrando los pies, se alejó de las máquinas que llevaba días reparando y se adentró en la oscuridad, hasta el fondo de la gruta. Allí hacía mucho calor y olía a podredumbre, pero al menos había luz. Una luz roja y cálida, que palpitaba en el centro de un nido protegido por varios círculos de piedra.

Lo llamaba sin parar.

Osvaldo pasó una pierna por encima de la primera muralla. Tenía prohibido entrar en el nido, pero no le importó. Después cruzó otra, y otra más. Cuando la luz roja que lo llamaba le hirió los ojos, se arrodilló junto a ella y agachó la cabeza.

—¿Se me permite descansar? —preguntó, dócil.

Nadie contestó, porque allí no había nadie.

Pero él recibió una respuesta.

A pesar de lo que pudiera parecer, Osvaldo Arén no estaba loco. Era cierto que el huevo de piedra le hablaba. Porque aquel no era un simple huevo, sino un bayrad: un huevo de poder. Y no uno cualquiera. Era el huevo de los terópodos, las criaturas más poderosas de aquel mundo.

De cualquier mundo.

El bayrad no hablaba con todos los rajkavvi, pero había decidido darle aquel privilegio a Osvaldo Arén. Era el huevo, y no los hombres-raptor, quien le presionaba para terminar su tarea cuanto antes. El profesor Arén debía construir un ejército de máquinas y ponerlo al servicio del bayrad.

El huevo rojo deseaba gobernar Tebel.

El bayrad le explicó que los rajkavvi estaban hechos para dominar al resto de tribus. Pero, antes, debían hacerse con los demás bayrad. El huevo susurraba en la mente del profesor que las demás tribus eran débiles, porque ya no tenían centinelas que custodiaran su poder. Que, sumando su ejército de virzeg a la ferocidad de los rajkavvi, podían conseguirlo.

Aquel era el momento perfecto.

Lo que el huevo le decía iba en contra de todo lo que el profesor Arén siempre había creído. La biología le había enseñado que en la naturaleza hace falta equilibrio. La superioridad de unas especies sobre otras llevaba a la ruptura del equilibrio y, casi siempre, a la extinción de todas ellas. Lo que mejor funcionaba siempre era la colaboración. Pero no podía discutir con el bayrad.

Cada vez que lo hacía, el huevo llenaba su mente de dolor.

Osvaldo terminó por aceptar sus argumentos. Le daba igual creer una cosa u otra, porque había perdido toda esperanza. Ahora que todos (los chicos, Vega, Jonás y Penélope) estaban muertos por su culpa, ahora que ya no podía volver a casa, Osvaldo era una cáscara vacía lista para llenarse con cualquier cosa.

Incluso con pensamientos perversos como aquellos.

—Dessspierta, Arrén —siseó una voz. No en su mente, sino en su oído—. No puedesss essstar aquí. Essste lugar esss sssagrado.

Osvaldo abrió sus ojos de pupilas alargadas, encogidas por el terror.

—Lo siento, Najjal, solo estaba descansando. El bayrad me susurra. Dice que...

—¿El bayrad te sssusssurra? —preguntó la voz.

El profesor Arén sintió alivio cuando vio que el dueño de la voz no era Najjal, el líder de los hombres-raptor, sino Vikko, el más joven de sus carceleros.

Y también el más curioso.

—S-sí —respondió Osvaldo.

—¿Y qué dice?

—Me habla de sus planes para hacerse con los demás bayrad. Me ayuda a mejorar los robots.

—¿Losss virzeg?

—Sí. Me ayuda a hacerlos más... letales.

—Ssson criaturasss fassscinantesss, tusss sssoldadosss. Quiero verlosss en acción.

—Entonces, ayúdame —le propuso Osvaldo—. Así terminaré antes.

A Vikko le brillaron los ojos de emoción. El profesor vio la lengua afilada asomando entre sus dientes, su expresión curiosa. Pero estaba dudando.

—No se lo contaré a Najjal —le prometió.

—De acuerdo. Quiero sssaberlo todo sssobre tu mundo...

Osvaldo no podía creer que acabara de convertir a uno de sus carceleros en un aliado. Era una buena idea, pero no había sido suya. Como todo lo que tenía últimamente en la cabeza, aquella idea también se la había susurrado el huevo.

***

Penélope entendía cada vez mejor el idioma de sus escoltas. A base de paciencia y atención, descubrió que aquella ciudad en ruinas se llamaba Juppankai. Que formaba parte del reino de los terópodos, a los que, como ya sabía, llamaban rajkavvi. No necesitó comunicarse con ellos para darse cuenta de que había sido una población rica, mucho más que Dyarevny.

Mucho más que cualquier otra ciudad de aquel mundo.

Ahora era un laberinto de escombros.

O, más bien, un cementerio.

Desperdigados por las calles había cadáveres de terópodos comidos por las moscas y restos metálicos de robots inservibles. El reguero de muerte y destrucción llegaba hasta la puerta del enorme edificio que una vez había sido un templo.

Los jinetes gubashka no se atrevieron a entrar con ella. Penélope intuía que le tenían más miedo a los fantasmas que a las amenazas reales que pudiera haber allí dentro. El anquilosaurio que montaba, un joven ejemplar de zuul curivastrator al que ella llamaba simplemente Zuul, era tan atrevido como su amazona y la acompañó al interior. Penélope se lo agradeció. No sería un gran rival si en el templo les esperaba un carnívoro, pero le daba seguridad ir acompañada de una criatura cuyo nombre significaba «destructor de espinillas».

Avanzaron entre cadáveres de troodones, de torvosaurios y de carnotaurios. De algunos solo quedaban los huesos, pero Penélope era una experta en clasificar criaturas por su esqueleto.

Ese pensamiento le provocó un escalofrío.

—Espérame aquí, Zuul —le dijo al anquilosaurio.

Ató al animal a una columna de piedra tallada con la forma de un tireóforo, y bajó por unas escaleras de caracol al piso inferior. Penélope iba con el corazón en un puño. Allí habían luchado humanos, dinosaurios y máquinas, y no habrían pasado más de unas pocas semanas desde entonces. Vio cadáveres de dinosaurios y máquinas. Suplicó con todas sus fuerzas no tener que identificar ningún hueso humano.

La cámara inferior era fría, y estaba llena de pinturas muy parecidas a las del templo de Dyarevny. En sus reuniones con el tamudri, Penélope había aprendido mucho sobre la historia de Tebel. Así era como llamaban a aquel mundo.

Le llenó el corazón de esperanza ver que faltaban las armaduras ceremoniales en las estatuas de piedra. Tal vez los chicos estuvieran a salvo.

Recorrió la sala, tapándose la nariz con la capa por el olor de los cadáveres en descomposición. Estaba a punto de volver cuando vio en el suelo un trozo de tela arrancada: era verde y tenía una huella de terópodo bordada en rojo. **Justo encima, unas letras. No todas. Las suficientes para saber quién la había vestido.**

«ZO...C».

Penélope ahogó un grito de horror. Al mismo tiempo, Zuul la llamó con un bramido desde la sala principal. Subió los escalones de piedra de dos en dos y empuñó la maza gubashka que le colgaba del cinturón.

—¡Ya voy!

Penélope estaba lista para enfrentarse a cualquier depredador. A toda una manada, si hacía falta. Pero nadie podía haberla preparado para encontrar a su escolta refugiada en el templo, protegiéndose de una lluvia de lenguas de fuego.

—¡Virzeg! ¡Virzeg! —gritaban.

Porque en Juppankai, la ciudad muerta de los raj-kavvi, los robots habían cobrado vida.

* * *

Leo no podía apartar la vista de la maza de los gubashka. La primera vez que la había levantado, en el templo de la ciudad en ruinas, tuvo la sensación de que el brazo se le iba a caer por culpa del peso. Ahora, prácticamente, no lo notaba.

Todo gracias al entrenamiento de Kahyla. Una pena, porque ellos habían renunciado a ser los centinelas de Pangea. Ya no eran dignos de portar los amuletos. Ya no eran dignos de las armaduras ceremoniales. Entonces, ¿por qué las llevaban puestas? ¿Por qué seguían teniendo las armas sagradas de los centinelas? ¿Por qué estaban en aquel templo?

Su espíritu científico le pedía a gritos hacer aquellas preguntas. Pero el ambiente oscuro, silencioso y cargado del olor a especias y hierbas aromáticas quemadas le obligaba a guardar silencio.

—Frente a vuestro zamtaali —ordenó Kahyla, señalando los tótems de piedra.

Había algo en su voz que hacía que todo el mundo la obedeciera, así que siguieron sus indicaciones. Se colocaron delante de las enormes estatuas; cada una representaba a una de las seis familias. Vestidos con las armaduras, bañados por aquellas luces de colores, parecían seres mágicos: un duende amarillo, un gigante verde, una diablilla roja, un trasgo naranja, un hada violeta. Los dientes de piedra que llevaban al cuello empezaron a vibrar y chispear. Carla se asustó y retrocedió bruscamente.

—Frente a vuestro zamtaali —repitió Kahyla.

—No —respondió Elena con firmeza. Ella también había retrocedido un paso—. Antes, explícanos por qué.

—¿Qué quieres saber, rajkavvi?

—Rechazamos el poder de los amuletos. No somos los centinelas, lo dijo la tahulu.

—No sois los yajjilarii —confirmó Kahyla.

—Entonces, ¿por qué nos devuelves los poderes? —dijo Elena, desafiante—. ¿Ahora sí piensas que somos dignos de ellos? ¿Quieres que protejamos Tebel?

—Si le devuelvo la luz a los yajjaali, no es para reteneros aquí, sino justo lo contrario —replicó Kahyla con dureza—. Los necesitaréis para llegar vivos al portal sagrado. Si volvemos a encontrarnos con los virzeg, no podremos combatirlos sin su poder.

Elena calló, pero no bajó la vista.

—Y, ahora, frente a vuestro zamtaali.

Esta vez, Elena y Carla hicieron lo que les pedía. Kahyla tomó su propio amuleto y lo apoyó contra la piedra caliente y azul del tótem de los plesiosaurios. Pronunció unas palabras que no comprendieron, porque eran palabras que no tenían traducción. No necesitaban entenderlas para repetirlas, así que eso hicieron.

La luz de los tótems se volvió más intensa. Su energía fluyó hacia los amuletos y, luego, hacia sus mentes. Dani vio pasar frente a sus ojos la evolución de todas las criaturas de su especie, desde los prosaurópodos del Triásico a los colosales gigantes jurásicos. Leo conectó con todos los tireóforos, desde los más pequeños y ligeros, como los escelidosaurios, a los grandes y acorazados estegosaurios y anquilosaurios. La mente de Lucas se llenó de imágenes de ornitópodos, hadrosaurios de pico de pato, majestuosos ceratopsios de grandes cuernos y paquicefalosaurios de cabeza dura. A Elena se le llenaron los ojos de lágrimas al ver las imágenes de los terópodos, desde los pequeños compsognathus a los imponentes alosaurios, tiranosaurios y raptores que, finalmente, echaban a volar con plumas de ave. A Carla le cosquilleaba en las alas la vida de los primeros pterosaurios que, pequeños y ágiles, saltaban de rama en rama, y de los gigantescos ejemplares que surcaban los cielos del Cretácico.

Ignoraban cuánto tiempo estuvieron en trance, pero, cuando despertaron, algo había cambiado en ellos. Seguían sin saber muchas cosas, pero ahora eran conscientes de que aquellos poderes no debían ser tomados a la ligera.

Kahyla los miró, orgullosa. Se preguntó si habría hecho lo correcto. Tenía los ojos húmedos, pero, como era de esperar, no derramó una sola lágrima. Los jóvenes, sin embargo, no pudieron contener las suyas. Se echaron a llorar en cuanto salieron del templo y vieron que toda la tribu de los maymnami los esperaba al pie de la escalinata, arrodillados y llenando el aire con el ritmo de los tambores.

—YA-JJI-LA-RII. YA-JJI-LA-RII. YA-JJI-LA-RII —murmuraban.

Como si fueran los guardianes que no eran.

Nombre científico: *Giraffatitan brancai*

Grupo: saurópodo, braquiosaurio

Cuándo vivió: hace 150 millones de años, Jurásico superior

Dónde vivió: África

Alimentación: fitófago (herbívoro)

Tamaño: 22 metros de largo

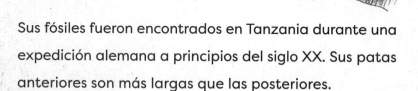

Sus fósiles fueron encontrados en Tanzania durante una expedición alemana a principios del siglo XX. Sus patas anteriores son más largas que las posteriores.

Otra info:

Durante mucho tiempo fue considerado una especie de *Brachiosaurus*, hasta que se consideró que sus huesos eran bastante distintos para darle un género propio.

Capítulo 9

ESPERANZAS

Frente a los ojos de Leo culebreaban decenas de dedos pintados de colores. Los dedos le extendieron pintura sobre la frente, la nariz y las mejillas. Los maymnami rodeaban también a sus amigos. Los maquillaban, los vestían y se movían a su alrededor como si compartieran una sola mente. Leo les dejó hacer.

—Pero si no somos los yajjilarii, ¿por qué nos tratan así? —quiso saber Dani.

Seguía llevando la armadura ceremonial, y le habían adornado la cabeza con un colorido turbante de tela estampada y el cuello con aros de metal, madera y hueso. Tantos que apenas podía moverlo. Los

maymnami tenían suerte de que su yajjilarii fuera Dani y no Elena, porque ella les habría dado un mordisco al tercer aro.

Kahyla rio al verlo.

—No sois yajjilarii, pero en esta aldea hacía mucho que se había perdido la esperanza. Dejadles celebrar.

Celebrar sonaba bien. Sonaba a diversión, comida, música y baile. A disfrutar, durante un rato, en lugar de tener que preocuparse por sobrevivir.

Se dejaron arrastrar por el río de maymnami bailarines hasta una pequeña explanada. Era circular y estaba rodeada por una muralla de jóvenes saurópodos que batían la cola contra el suelo. Entre ellos estaba la cría de giraffatitán que Dani había salvado. A la joven hembra le costaba mover la cola, pero se esforzaba por agradar con su música al humano que la había ayudado. Dani volvió a acariciarle el lomo. No se había separado de la cría en toda la noche.

De hecho, no quería separarse de ella nunca más.

—¡Así que las teorías son ciertas! —Leo estaba muy gracioso con el casco de la armadura ceremonial, la cara pintada y aquella expresión de asombro—. Había escuchado que los diplodócidos usaban la cola para emitir chasquidos y sonidos con los que comunicarse, además de para defenderse.

—Claro que es cierto. Por eso el silaj de su yajjilarii es un látigo. —Kahyla señaló a los humanos, que acompañaban la percusión de los saurópodos. Con sus gruesos látigos producían un zumbido musical—. Aunque sean pacíficos, los maymnami pueden ser también grandes guerreros. ¡Y músicos!

Kahyla le tendió una mano para que se uniera al baile, pero Leo no se movió.

—¿Qué pasa, gubashka? ¿No te gusta bailar?

Leo no respondió.

—Puedes quitarte el casco y la maza, si te pesan —ofreció Lucas. El pequeño inventor trataba de aprovechar para trabajar en Bibot a la luz de la hoguera, aunque no dejaba de distraerse mirando a Carla—. Trasto te los cuida.

Pero Trasto no le hacía caso. Estaba demasiado ocupado correteando por la explanada y colándose entre las piernas de los bailarines.

—Vamos, es divertido —le aseguró Kahyla—. Si no sabes bailar, seguro que la dayáir y la rajkkavi pueden enseñarte.

Kahyla señaló a Carla y Elena que, en medio del círculo, les enseñaban a los nativos una coreografía con movimientos de su mundo. Todos los ojos estaban puestos en ellas, pero no parecía importarles.

—No es eso —respondió Leo—. Es que todo es tan... alucinante. Mi tía habría dado cualquier cosa por verlo.

—¿Y cómo sabes que no lo ha hecho? —replicó Kahyla. Sus pupilas oscuras se clavaron en él—. Por lo que cuentas, es una mujer muy capaz y conoce bien a los avroy.

—¿Y nosotros...? —preguntó Leo, señalando el brillo naranja del diente en su pecho.

—Vosotros sois torpes y desobedientes, y necesitáis ayuda todo el rato, como los bebés —dijo la centinela con su burlona media sonrisa.

Leo clavó la vista en el suelo, pero Kahyla le apoyó una mano en el hombro.

—Es broma, gubashka. Sé que tu tía está viva porque cuando hablas de ella, me acuerdo de mi padre.

—Pero... —Leo se dio cuenta de lo que estaba a punto de decir y prefirió no terminar la frase.

—Mi padre murió, sí. —Kahyla acarició el cordón de conchas del que colgaba su amuleto. No había rastro de pena en su voz—. Y cuando una vida como la suya se apaga, Tebel entero se sacude de dolor. He preguntado a todos los avroy que he visto por el camino. No hay noticias de que a tu tía le haya ocurrido nada parecido. Sigue viva, estoy segura.

Kahyla y Leo se quedaron en silencio, mirándose a los ojos como si lo hicieran por primera vez. Reconociéndose en las pupilas del otro como lo que eran: niños perdidos y solos que habían tenido que aprender a cuidar de sí mismos.

—Y nosotros también —añadió la centinela, con voz dulce—. Así que vamos a bailar.

Kahyla arrastró a Leo al centro de la explanada. Y allí, entre los cánticos maymnami, los dos dejaron de ser niños perdidos.

Y volvieron a ser, simplemente, niños.

***

—Si pongo esto aquí, esto otro aquí y no mueves el rabo, yo creo que podemos llevárnoslo todo. ¿Qué dices, Trasto?

Lucas había cargado sobre el lomo del tricerátops los regalos de los maymnami: una honda de caza, un arco mecánico que disparaba flechas como una ametralladora, un objeto extrañísimo que ubicaba los puntos cardinales como una brújula sin imanes y muchas cosas más. Cuando la pila estuvo en perfecto equilibrio, Kahyla se agachó a la altura del tricerátops y la empujó débilmente con un dedo. Los cacharros de

Lucas cayeron al suelo uno tras otro. Fue a recogerlos, pero la centinela le frenó con un gesto.

—No podemos llevarnos nada —declaró por milésima vez.

No se lo decía solo a él, sino a todos los maymnami que se habían reunido frente a la cabaña donde habían dormido para despedirse. Kahyla miró a los chicos con gesto serio y les obligó a unir las palmas de las manos y decir «ashkarté» para rechazar educadamente sus regalos.

La joven giraffatitán con la herida en la cola se acercó a Dani. En el hocico llevaba una de las cestas con hebillas que los maymnami usaban para montarlos.

—No, Ngari —dijo Kahyla, mirando a los ojos de la criatura.

Se había percatado del vínculo que había surgido entre el chico y la joven hembra, pero no podía permitirlo. «Basta de complicaciones», pensó. «Están a punto abandonar Tebel». Dani la miró con pena, pero no protestó. Se puso de puntillas, abrazó el cuello de la giraffatitán y dio media vuelta antes de que el animal pudiera ver sus ojos llorosos.

—Pero podéis llevar mensajes, ¿verdad? —preguntó una joven tímida—. Los mensajes no pesan. Por favor, si pasáis por la ciudad flotante de Ybby, decidle a Aslëir que cumpla la promesa que me hizo.

—Por favor, si vais a Chenshi, decidle a Zihuá que la visitaré dentro de dos lunas.

—Por favor...

Aquella gente necesitaba esperanza, así que Kahyla permitió que los falsos yajjilarii recogieran los mensajes de los aldeanos maymnami aunque sabía que no tendrían oportunidad de entregarlos. Cuando

la multitud se tranquilizó, Kahyla vio que Lucas buscaba algo en su mochila.

—Yiaulú, he dicho que no podemos llevar...

—¡Ya, ya! —atajó el pequeño inventor, sacando a Bibot—. No me voy a llevar nada. Voy a dejarlo aquí.

Lucas llamó a la niña que había montado sobre Trasto el día anterior y le dio el cangrejito robótico. Pulsó unos cuantos botones, y la máquina en miniatura se activó. El robot extendió lentamente su pinza y agitó amistosamente la mano de la niña.

—¡Virzeg! —exclamaron los maymnami, apartándose.

—No, no, tranquilos. ¡Es bueno! —respondió Lucas—. No he conseguido que funcione el mapa, y de todas formas Kahyla sabe el camino. Así que te lo dejo para que juegues con él. ¡Seguro que te lo pasas genial!

Los maymnami miraron a Kahyla. Ella asintió, dando su aprobación al regalo, y la niña recibió a Bibot como si en vez de un juguete fuera un tesoro. Los chicos se despidieron de los habitantes de Kijihelani con una reverencia, las palmas juntas y un «ashkarté». Los maymnami permanecieron allí, diciendo adiós con la mano, hasta que los perdieron de vista en la jungla.

152

Pero todavía hablarían durante mucho rato sobre la visita de los yajjilarii de Tebel.

* * *

Kahyla caminaba unos cuantos pasos por detrás de los falsos yajjilarii. Y, mientras los observaba, pensaba. Pensaba que la tahulu no se equivocaba nunca. Había quien creía que estaba loca, y era cierto que algunas de las cosas que decía no tenían sentido más que para ella misma. Pero era sabia, Kahyla estaba segura de eso. De eso, y de que no se equivocaba nunca.

Aunque para todo había una primera vez.

¿Se habría equivocado con aquellos chicos?

Kahyla dudaba. Ya no le parecían torpes ni necios. Habían aprendido bien. Pero eso no era lo más importante. Lo más importante era lo que había visto en los ojos de los maymnami que los habían acogido.

Ilusión. Esperanza. Agradecimiento.

Quizá aún pudiera convencerlos de que aceptaran los yajjaali. Solo durante el tiempo suficiente para restablecer el asawa. Solo hasta que pudieran formar a sus sucesores. Luego podrían volver a su mundo y ella...

Kahyla estaba tan perdida en sus pensamientos que la dayáir tuvo que repetirle la misma pregunta tres veces.

—¡Y luego nos echa la bronca por no estar atentos! —protestó Carla.

—Estaba atenta a los sonidos de la jungla, orgullosa dayáir. Intentando evitar que te coman —mintió la centinela. Si Carla se asustó, lo disimuló—. ¿Qué quieres?

—La ciudad donde nos rescataste estaba desierta —dijo Carla—. Por eso pensábamos que ya no había humanos en este mundo. ¿Quiénes vivían allí?

—La ciudad de la que hablas se llama Juppankai —respondió Kahyla—. Era la capital del reino de los rajkavvi. Y, según las leyendas, la primera que fundaron los humanos en este mundo. La más grande y rica de todo Tebel antes del Parajjani.

—¿La guerra contra los terópodos? —preguntó Leo, que no estaba seguro de lo que era el Parajjani.

—Así es.

—¿Qué pasó? —quiso saber Lucas.

—El poder de los rajkavvi es difícil de controlar. Es instinto, es hambre, es impulso. —Elena la escuchaba con atención—. Su yajjilarii debe ser excepcionalmente disciplinado. Si no, el amuleto puede corromperlo.

—Pero, ¿no se supone que son amuletos protectores? —se sorprendió Dani—. ¿Cómo pueden hacer daño a los centinelas?

—Los yajjaali son poder, y el poder no es bueno ni malo. Depende de lo que se haga con él. Si un yajjilarii abusa de ese poder, puede pasar de ser su guardián a convertirse en su esclavo. El poder de los rajkavvi es especialmente peligroso.

—¿Y eso fue lo que pasó durante el Parajjani? —dedujo Carla.

Kahyla asintió.

—Hace ciento cincuenta lunas, el yajjaali de los rajkavvi eligió a un hombre llamado Najjal. Era joven, valiente e inteligente, pero se perdió en el poder que le ofrecía el amuleto. El bayrad de su tribu comenzó a controlarlo.

—Como al profesor Arén... —murmuró Leo en voz baja.

—Ahora es mitad humano, mitad animal —continuó Kahyla—. El bayrad lo convenció de que los rajkavvi eran más fuertes y debían dominar a todas las demás tribus. Muchos rajkavvi se unieron a él...

—Pero no todos, ¿verdad? —preguntó Elena—. Si los terópodos son necesarios para mantener el equilibrio de Pangea, habrá rajkavvi buenos...

—Los que se opusieron a sus locuras lo eran, sí.
Najjal los desterró a lo más profundo de la jungla.

—¿Y luego? —La curiosidad de Leo necesitaba más.

—Con ayuda de sus seguidores, intentó apoderarse de los otros bayrad para convertirse en centinela
único, y controlar todos los amuletos. Por suerte, los
otros cinco yajjilarii consiguieron derrotarlo.

—Pero murieron en la guerra —murmuró Dani, mirando a Kahyla a los ojos.

—Los últimos yajjilarii eran hombres y mujeres sabios y valientes. Conocían los riesgos a los que se enfrentaban. —Kahyla se acarició el cordón de conchas. Le temblaba la voz—. Murieron cumpliendo su
deber.

—¿Y por qué fueron los últimos? —intervino Lucas—. ¿Por qué las demás tribus no cogieron los amuletos y entrenaron a centinelas nuevos?

—Porque los rajkavvi mataron a todos los aprendices. —Los ojos de Kahyla se humedecieron—. Para proteger los yajjaali, la tahulu me encargó ocultarlos en una de las grutas sagradas. Pensaba que sería un lugar seguro, no sabía que era un portal a Lembel. Allí fue donde debió de encontrarlos tu tía —miró a Leo—. Y los llevó a vuestro mundo.

Leo tragó saliva, sintiéndose culpable, aunque aquello no fuera culpa suya.

—Ese Najjal —dijo Carla, con un hilo de voz—, ¿también murió en la guerra?

—No —respondió Kahyla—. Najjal sigue vivo. Y, desde la muerte de los yajjilarii, ha convertido Tebel en un mundo peligroso. Sin esperanza.

Kahyla calló un momento, y se quedó mirándolos. Los falsos yajjilarii ya no hacían preguntas. La escuchaban serios, respetuosos, sin decir una sola palabra. Eran muy jóvenes. Demasiado. Pero ella también lo era, y había aceptado su responsabilidad.

—Hasta ahora —añadió finalmente.

Y se colocó a la cabecera del grupo para guiarlos por la jungla.

* * *

La luz azul de una pantalla bañaba el rostro de la ingeniera Merón. Todas las demás estaban apagadas. Hacía horas que el laboratorio había cerrado, pero ella seguía allí.

Buscando.

Vega Merón parecía tranquila, pero los ruidos que producía al trabajar delataban su nerviosismo. El de sus patas metálicas, que le rodeaban el cuerpo de cintura para abajo y chasqueaban contra el suelo. El de sus dedos, que aporreaban las teclas a un ritmo desquiciante.

Frenéticas, sus pupilas recorrieron el mapa tridimensional de Pangea que habían hecho sus drones. Las unidades de ataque habían desaparecido. Eran seis, más resistentes que cualquier robot que hubiera construido antes. Mucho más letales que cualquier carnívoro. Alguna debía seguir activa. No podían haberse desactivado solas.

Vega examinó el mapa milímetro a milímetro buscando una señal. Una señal que le indicara que sus criaturas robóticas seguían «vivas». **Estaba a punto de rendirse cuando notó un parpadeo. Un bip, un código de reconocimiento.**

«Unidad B1-B07 activada».

Bibot.

Un escalofrío eléctrico recorrió la nueva columna robótica de la ingeniera.

No era la pista que estaba buscando.

Pero le servía.

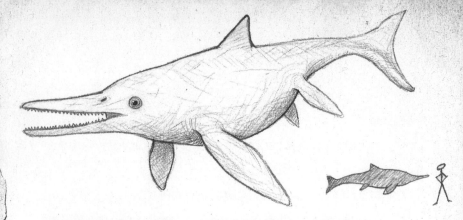

Nombre científico: *Ichthyosaurus communis*

Grupo: ictiosaurio (no dinosaurio)

Cuándo vivió: hace 210-200 millones de años, entre el Triásico superior y el Jurásico inferior

Dónde vivió: Europa y Asia

Alimentación: piscívoro

Tamaño: hasta 3 metros de largo

Descubierto en Inglaterra en el siglo XIX por Mary Anning, la primera paleontóloga de la historia. Estos reptiles estaban totalmente adaptados al medio acuático, de manera que su cuerpo recuerda mucho a los de los peces. Su nombre significa «reptil pez».

Otra info:

Su cráneo estaba provisto de dientes afilados para capturar peces.

Gracias a fósiles muy bien conservados sabemos que tenían una aleta dorsal y una aleta caudal.

Capítulo 10

UN NUEVO OBJETIVO

Trasto pasó corriendo frente a Dani y estuvo a punto de hacerle tropezar. El gigante intentó frenarlo, pero la cría se escapó ágilmente entre sus dedazos y siguió corriendo, convertido en una mancha parduzca y borrosa.

—Yiaulú, tu silaj no es un juguete —advirtió Kahyla cuando vio que Trasto volvía con el bumerán ceremonial de Lucas en el pico—. Y tu kaintuli tampoco. Debe aprender a comportarse. En cualquier momento podría aparecer un rajkavvi y...

La centinela de los plesiosaurios cerró los dientes con un chasquido, y ellos se tomaron muy en serio la advertencia. Kahyla quería meterles miedo, sí, pero no exageraba. Habían llegado al lugar donde la abelisaurio había atacado a la expedición de Jonás Bastús. El nido estaba destruido, y en los alrededores solo quedaban algunas piezas sueltas de robots y los restos de la hembra que había intentado proteger sus huevos. Una bandada de pequeños compsognathus carroñeros salió del cadáver. Corretearon alrededor de Elena hasta que Kahyla los ahuyentó con su remo de madera. En el suelo había pisadas recientes, de tres y dos dedos. Ni Kahyla ni Leo tuvieron que explicar que la naturaleza rara vez desperdicia nada, y que por allí también habían pasado megalosaurios y raptores para alimentarse de la

abelisaurio. Las huellas de la batalla les recordaron que el peligro era real.

Que ellos también habían contribuido a romper el equilibrio de Pangea.

Trasto volvió junto a Lucas, con los cuernos gachos y la cola entre las piernas, y él lo estrechó contra su pecho. Al verlos, a Dani se le encogió un poco el corazón. No de envidia, sino de tristeza. Dani se había sentido muy unido a Ngari, la joven hembra de giraffatitán del poblado. La conocía desde hacía apenas unas horas, pero ya la echaba de menos.

Apartó la vista de su amigo y miró al horizonte. A lo lejos se intuían las ruinas de Juppankai, así que ya estaban cerca del portal que los llevaría a casa.

Eso debería haberle animado, pero no fue así. No era solo por Ngari. **Dani también se sentía culpable. Todo lo que Kahyla les había contado sobre la guerra de los rajkavvi, sobre lo que significaba ser un centinela... ¿Y si ellos podían ayudar? A derrotar a Najjal, a restaurar el equilibrio, a recuperar la paz. Luego entregarían los amuletos y volverían a su mundo. ¿Cuánto podrían tardar en conseguirlo? ¿Un año? ¿Dos? ¿Diez?**

Sacudió la cabeza, tratando de espantar aquella idea como si fuera una mosca. Era una locura. Si los otros yajjilarii, hombres y mujeres entrenados durante toda su vida para esa tarea, habían muerto protegiendo Pangea, ¿cómo iban a conseguirlo ellos, que eran casi unos niños? Unos niños que ni siquiera comprendían aquel mundo. Además, en el suyo había gente esperándolos. Su madre seguramente se estaría volviendo loca de preocupación.

Eso le hizo sentir todavía más culpable.

Echó la vista atrás y miró a Lucas y Elena. Los mellizos caminaban en silencio, con Trasto entre ellos. Dani pensó en sus madres. Eran tan cabezotas como Elena y tan ingeniosas como Lucas. Ya debían de haber movilizado al ejército de varios países para encontrarlos. Seguramente, ellos también estuvieran deseando verlas.

Detrás, con la mirada perdida en el cielo y las alas de su traje ondeando al viento, iba Carla. No hablaba casi nunca de sus padres, pero Dani los conocía bien. Se los imaginó apareciendo en la televisión y los periódicos, ofreciendo una enorme recompensa a quien los ayudara a encontrar a su hija. Seguramente les preocupara más quedar bien públicamente que encontrarla: la fama y la apariencia eran lo más importante para ellos. Tal vez Carla no tuviera tantas ganas de volver a casa como decía.

Dani posó los ojos en Leo. Iba el último, arrastrando su maza y escondido bajo el casco de su armadura. Él era el único que tenía un motivo de peso para querer quedarse en Pangea. Kahyla creía que su tía estaba viva. Y Leo pensaba que el profesor Arén también... aunque la última vez que lo habían visto dirigía un ejército de carnívoros contra ellos. En ese caso, quizá también estuvieran a tiempo de salvarlo a él. De evitar que se convirtiera en un cruel y monstruoso hombre-raptor, como ese tal Najjal.

La cabeza le echaba humo de tanto pensar. De repente, un rayo de fuego se clavó en el rugoso tronco de araucaria que tenía delante. Dani tocó su amuleto encendido. ¿Había saurópodos que escupieran fuego? Ni Leo ni Kahyla lo habían mencionado nunca. Aunque tampoco era descabellado; quizá, las leyendas sobre los dragones las habían originado dinosaurios que...

Cuando otro rayo de fuego atravesó zumbando el aire e impactó muy cerca de Trasto, Dani se dio cuenta de que aquello no lo había provocado ningún dinosaurio.

Los helechos se estremecieron. Y de entre las hojas temblorosas surgieron decenas de siluetas metálicas y puntiagudas. Crueles, amenazadoras, letales. Vacías. Marchaban con paso militar, aplastando todo lo que encontraban en su camino, prendiendo fuego a la jungla con sus armas.

—¡Virzeg! —les advirtió Kahyla—. ¡A cubierto!

—Si nos has devuelto el poder de los amuletos, no es para escondernos como cobardes —respondió Elena, con un destello rojo de su colgante.

Sus amigos reaccionaron inmediatamente. Dani se desenroscó el látigo que llevaba a la cintura y desarmó a dos androides con un chasquido. Las máquinas se sacudieron un instante, como si aquello las hubiera desconcertado. El gigante aprovechó para hundir sus dedos en las corazas de los dos androides, estrellarlos entre sí y hacerlos papilla con su fuerza de saurópodo.

Elena saltó por encima de él y, con un tajo de su espada curva, cortó por la mitad el arma de otro de los robots. Después se encaramó a su espalda y arrancó con los dientes los cables que lo alimentaban. Cuando el androide cayó al suelo, muerto, Elena rugió y se abalanzó sobre el siguiente.

Lucas lanzó su bumerán, y las máquinas dispararon contra aquel objeto desconocido que se dirigía hacia ellas. El pequeño inventor aprovechó para embestir a uno de los androides con su cabeza dura de paquicefalosaurio, y luego echó a correr, veloz como un hipsilofodonte, para alcanzar su siguiente objetivo.

Mientras tanto, Trasto corría en zigzag entre las patas de los robots, haciéndolos caer al suelo, donde Leo los remataba con su maza ceremonial. Los rayos de los robots rebotaban contra la coraza de su dura espalda de anquilosaurio.

Carla atacaba desde el aire, lanzando certeros dardos con su cerbatana, agujereando cables y conductos de aceite caliente. Cuando los androides caían al suelo, Kahyla corría hacia ellos y los enviaba de un golpe de remo a un arroyo cercano, donde morían entre sacudidas y chisporroteos.

Kahyla se retiró un segundo. No para descansar, sino para observar a sus compañeros. Ya los había visto en acción y sabía que eran capaces de defenderse incluso sin sus yajjaali. Pero, aun así, su demostración de fuerza la sorprendió. El maymnami destruía virzeg entre gritos de alegría. La rajkavvi sonreía antes

167

de asestar el mordisco mortal a cada una de sus vícti-
mas. La dayáir volaba de rama en rama, silenciosa y
letal, una auténtica amenaza aérea. El yiaulú y su
kaintuli parecían disfrutar incluso más que con sus
habituales juegos por la jungla. Hasta en los labios del
reservado gubashka se dibujaba una sonrisa cada
vez que daba un mazazo.

Aquellos no eran los niños torpes que había res-
catado en Juppankai. Ahora eran conscientes del
peligro que corrían, pero no huían de él. **Eran cinco
guardianes que combinaban sus fuerzas a la perfección, mucho más compenetrados que aquel ejército de virzeg fríos y descerebrados. Eran rápidos,
eran listos, eran fuertes.** Y no solo por haber recuperado los poderes de sus amuletos, sino porque ella
había conseguido instruirlos como auténticos yajjilarii.

Pensó que, si la tahulu pudiera verlo, estaría orgullosa de ella.

La sonrisa desapareció de sus labios cuando vio que
los virzeg no les hacían demasiado caso. Salían de entre los helechos, como ordenadas hileras de hormigas,
y se adentraban en la jungla lanzando fuego y llevándose por delante todo lo que encontraban a su paso.
Los falsos yajjilarii habían derrotado a muchos de ellos,
pero los demás seguían su avance sin protegerse o

168

ayudar a los caídos. Kahyla se dio cuenta de que ellos no eran su objetivo. De que lo que intentaban, en realidad, era seguir el mismo camino por el que ellos habían venido.

De que aquellos androides se dirigían, imparables, hacia Kijihelani.

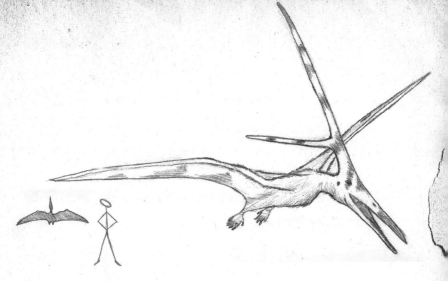

Nombre científico: *Nyctosaurus gracilis*

Grupo: pterosaurio (no dinosaurio)

Cuándo vivió: hace 85 millones de años, Cretácico superior

Dónde vivió: Norteamérica

Alimentación: piscívoro

Tamaño: 2 metros de envergadura

Este pterosaurio de tamaño mediano poseía una cresta muy larga en la cabeza con forma de «y». Además, era el único pterosaurio conocido que no conservaba dedos en las alas.

Otra info:

No sabemos si la cresta de su cabeza soportaba una especie de vela o no.
Sus primeros fósiles descubiertos se creía que pertenecían a *Pteranodon*.

Capítulo 11

LA REBELIÓN DE LAS MÁQUINAS

Kahyla ya no sentía las piernas. Solo notaba dolor. El mismo dolor que había sentido de pequeña durante los entrenamientos con la tahulu. Cuando le suplicaba que la dejara descansar, ella le daba un golpe con el bastón. «Que te duelan es bueno. Eso es que todavía funcionan, ¡ji, ji!», decía. «¡Levántate! ¡Corre!».

Kahyla aceleró. No sentía las piernas, pero ese era el menor de sus problemas. Un ejército de virzeg se dirigía hacia Kijihelani. No sabía cuánto tiempo llevaba intentando sacarles ventaja. Tenía la cara y los brazos llenos de arañazos, y había perdido la mitad de la armadura por el camino. Le daba igual llegar

herida y desnuda, con tal de hacerlo antes que aquellos seres sin alma.

Tenía que poner a salvo a los maymnami.

A lo lejos empezaban a verse las altas y esbeltas construcciones de adobe de la aldea. Le escocían los pulmones y tenía la boca seca de tanto jadear. Necesitaba beber agua y descansar, o se desmayaría. Pero aceleró aún más. Si podía ver los techos de hojas de palma, es que no estaba lejos.

Se preguntó si habría cometido un error dejando atrás a los falsos yajjilarii. Trató de justificarse diciéndose que la habrían retrasado, que habrían sido un

estorbo. Miró por encima de su hombro y, por un segundo, esperó verlos aparecer tras ella. Pero seguramente la habían abandonado y se dirigían al portal.
Estaba sola.

«No puedes hacerlo todo sola», le dijo la voz de la
tahulu.

Kahyla corrió, saltó troncos caídos, esquivó ramas y
atravesó helechos sin dejar de mirar al horizonte. Si
en lugar de tener la vista fija al frente hubiera mirado
un momento al cielo, se habría dado cuenta de que,
por encima de las hojas de las araucarias, las nubes
estaban manchadas de humo gris. De que el agua
azul del lago no era suficiente para apagar las llamas
naranjas que devoraban Kijihelani en la otra orilla. De
que los maymnami se adentraban en la jungla, huyendo del fuego y de los virzeg.

Ya casi estaba en la aldea cuando vio que había
llegado tarde.

Otra vez.

**Derrotada, Kahyla cayó de rodillas al barro. Ni
siquiera gritó. No le quedaban fuerzas.** A su lado pasaban notosaurios empapados y relucientes, que salían
del lago bamboleándose sobre sus fuertes aletas para
refugiarse en la jungla. Kahyla se arrastró entre ellos
hasta el borde del agua y hundió la mano en busca de

un poco de paz. Su tacto refrescante le aclaró la mente. «El agua es paz», le había dicho su padre una vez. Kahyla abrió los ojos. El agua era paz, pero también guerra. El agua hacía daño a los virzeg, lo había descubierto luchando con ellos a las puertas de Juppankai. El agua podía fluir, pero también golpear como un martillo.

El agua podía ayudarla a salvar a los habitantes de Kijihelani.

Kahyla se llevó la mano a su yajjaali e invocó a los ahuluna que había en los alrededores. Los primeros en acudir a su llamada fueron los notosaurios, que volvieron a meterse en el lago. A ellos se unieron las criaturas rechonchas y robustas a las que el gubashka llamaba paludidracos, o dragones de pantano. A Kahyla le gustaba tanto el nombre que bautizó así al más grande de todos.

—¡Drako, guía a los demás hasta la aldea! ¡Rápido!

Después se lanzó de cabeza al agua y nadó y nadó, impulsada por la fuerza que le daba su yajjaali. Sus brazos eran ahora aletas tan potentes como las de Oranawa. Sus piernas se habían alargado para formar una cola tan poderosa como la de Ahunil. Se dirigió hacia la superficie del lago, mientras salía, sus miembros recuperaron su forma humana. En la orilla, los maymnami pedían socorro entre aullidos aterrorizados.

Pero había esperanza, porque la yajjilarii de los ahuluna había respondido a su llamada.

* * *

Humo negro. Adobe resquebrajado. Tejados de paja hundidos. Nubes de polvo levantadas por pies a la fuga. Pies de hombres, mujeres, niños, animales.

Aquellas horribles escenas pasaban frente a los ojos de la ingeniera Merón como si formaran parte de una película, pero no era la película que ella había pagado por ver.

Faltaban los protagonistas.

—¡¿Dónde están?! —gritó.

Tecleó algo y comprobó que la unidad B1-B07 seguía allí. Había dirigido a sus robots al lugar correcto. Entonces, ¿dónde estaban los chicos? Se incorporó, con un chirrido de aquella jaula de patas que rodeaba sus piernas inservibles, y empezó a escupir órdenes a los ingenieros de bata blanca que tenía a sus espaldas.

—¡Encended la representación holográfica!

Ellos obedecieron. La imagen real desapareció, sustituida por un dibujo en tres dimensiones, con líneas

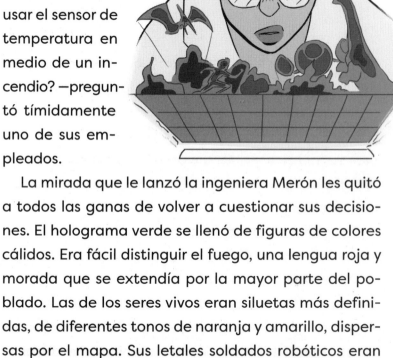

verdes sobre fondo negro. Vega Merón rugió:

—¡Activad el sensor de temperatura!

—¿Pretende usar el sensor de temperatura en medio de un incendio? —preguntó tímidamente uno de sus empleados.

La mirada que le lanzó la ingeniera Merón les quitó a todos las ganas de volver a cuestionar sus decisiones. El holograma verde se llenó de figuras de colores cálidos. Era fácil distinguir el fuego, una lengua roja y morada que se extendía por la mayor parte del poblado. Las de los seres vivos eran siluetas más definidas, de diferentes tonos de naranja y amarillo, dispersas por el mapa. Sus letales soldados robóticos eran frías figuras azules a las que el fuego no causaba ningún daño.

El agua, sin embargo, sí.

Uno de los seres vivos, humano a juzgar por su silueta, avanzaba a toda prisa por la orilla del agua. A su paso, los robots desaparecían para volver a aparecer al momento siguiente dentro del lago, donde quedaban inútiles o eran despedazados por los monstruos acuáticos. Ya había perdido más de treinta unidades, y el número no dejaba de subir.

La ingeniera Merón volvió a dirigir sus robóticas patas de araña al ordenador. Activó las cámaras de los robots más próximos a la amenaza y, entonces, la vio.

La muchacha de pelo rizado que había surgido de las olas montada en mosasaurio estaba allí. La misma que la había abandonado a su suerte. Como Arén. Como los chicos. Ahora cabalgaba un notosaurio que empujaba a sus robots hacia el lago mientras ella trataba de organizar a los nativos. A su lado, varios hombres y mujeres, montados en ceratopsios y ornitópodos bípedos, intentaban desarmar a sus soldados con látigos. Otros, que iban a lomos de grandes tireóforos, acorralaban a los robots en pequeños grupos y esperaban a que unos enormes quetzacoatlus voladores los bañaran en agua hasta cortocircuitarlos. Más allá, un imponente ejemplar de dinheirosaurio se incorporaba sobre las patas traseras y se dejaba caer, aplastando con todo su peso a los robots que se habían fusionado en máquinas letales. A su lado, un spinophosaurio embestía con el lomo las corazas de sus guerreros de metal.

—Nos están masacrando —murmuró una de las ingenieras.

La carcajada de Vega Merón heló la sangre de todos sus empleados.

—Construiremos más —respondió Vega. Señaló un resplandor azul en la pantalla—. Traedme el colgante que esa chica lleva en el cuello.

—¿Y qué hacemos con ella?—preguntó la joven ingeniera, dirigiéndose hacia los mandos de control.

—No me importa. Solo quiero el amuleto. —Sonrió—. Los demás llegarán pronto.

* * *

Una bofetada de humo recibió a Elena cuando llegó a la aldea con la espada curva desenvainada y los dientes apretados. Le escocía la garganta y tenía los ojos llenos de lágrimas, pero no era solo por el humo.

La visión de Kijihelani en llamas y los gritos de terror la hicieron llorar de rabia. Elena intentó enfocar la vista a pesar de la asfixiante nube gris. Sus pupilas se redujeron a dos finas líneas que rastrearon el terreno y volvieron a ser redondas en cuanto detectaron lo que buscaba.

Kahyla estaba inconsciente, atrapada en una de las garras metálicas de un mortífero robot de Zoic. En la otra, el androide sostenía el amuleto, aún encendido, que le había arrancado del cuello. El yajjaali brillaba y soltaba chispas de color azul, pero el robot no parecía notarlo.

—¡Le ha quitado el amuleto! —se asombró Leo.

—Hemos tardado demasiado —gruñó Elena, enfadada.

—¡No sabíamos adónde iba! —protestó Lucas—. Si no llega a ser porque Carla ha hecho un reconocimiento aéreo, nunca la hubiéramos encontrado.

—No hay tiempo para discutir —zanjó Dani—. Tenemos que ayudar.

Ni siquiera tuvo que dar la orden. Leo, Lucas y Trasto se lanzaron a la carrera y trataron de derribar al robot que apresaba a Kahyla. La máquina, un superrobot hecho de cinco androides, se tambaleó ligeramente, pero no soltó a su presa. Carla desplegó las alas y se elevó en el aire para intentar acercarse a Kahyla, pero ni ella ni Elena tuvieron suerte. Los múltiples brazos del androide se agitaban en el aire y los obligaban a ponerse a cubierto para evitar que los atrapara.

De pronto, de los ojos muertos del robot salieron dos rayos de luz verde. Carla los esquivó, pero eran inofensivos. En el aire que tenía delante se formó la imagen de un rostro ceñudo y severo que conocía bien.

—¡La ingeniera Merón! —chilló Carla, aterrizando junto a sus compañeros.

—¡Vega! ¡Estamos bien! —gritó Lucas—. ¡Esta gente no nos ha hecho daño!

La proyección holográfica de la ingeniera rio siniestramente.

—Ahí están —dijo, con voz metálica—. ¡Cogedlos!

El rostro se disolvió en el aire, y un enjambre de robots los rodeó. Los chicos se agruparon en círculo, espalda contra espalda, y se prepararon para enfrentarlos. Los robots miraron hacia ellos, apuntaron, desplegaron sus extremidades afiladas como aguijones y cargaron sus armas.

Pero Dani fue más rápido.

Su diente brilló con un intenso color verde cuando el inmenso corpachón de Ngari apareció de la nada y cargó contra los robots. Con un bramido de furia, la giraffatitán pisoteó con sus fuertes patas a los que quedaban en pie y se giró hacia Dani. El gigante corrió hacia ella, trepó por la cola hasta el lomo y le dio una palmadita en el cuello con un «ashkarté».

—¡Tenemos que salvar a Kahyla! —le gritó Elena.

Dani miró hacia donde señalaba su capitana, y vio que el robot que la había apresado se adentraba en la jungla. Luego miró hacia Kijihelani, que ardía convertida en una inmensa hoguera. Y vio a los maym-nami, que combatían a las criaturas de la ingeniera Merón como podían. Y a los dinosaurios que trataban de escapar de aquel infierno.

Dani negó con la cabeza.

—Ellos nos necesitan más.

—Pero Kahyla... —empezó a decir Lucas.

—Es lo que ella hubiera querido —sentenció Dani, espoleando a Ngari.

Lucas, Leo, Carla y Elena dudaron un segundo. Miraron a su alrededor, y vieron que una chica no mucho mayor que ellos agitaba su látigo para mantener a raya a uno de los virzeg. Combatiendo a su lado había dos hombres jóvenes. Y, un poco más allá, otras dos mujeres más. Saurópodos, notosaurios y palulidracos trataban de sacar de allí a tanta gente como podían y de ganar tiempo para que los demás consiguieran escapar. A pesar del miedo, casi todos los hombres y mujeres de Kijihelani capaces de combatir estaban allí, peleando contra los robots de la ingeniera Merón. No eran guerreros, pero defendían su hogar de aquellos virzeg invasores que ellos habían llevado a Pangea.

Pero también vieron otra cosa.

Esperanza.

Esperanza cuando Dani llegó cabalgando a lomos de Ngari y embistió a los robots para despejar el camino de los maymnami. Esperanza cuando su amigo organizó a los notosaurios y paludidracos para que trasportaran a los niños en su lomo por el lago. Esperanza cuando hizo que Kowa, Marana y Rongi se zambulleran en el agua, que apenas les cubría, y unieran sus cuellos y colas extendidos para formar una pasarela hasta la otra orilla. Pronto, muchos más saurópodos los imitaron.

Y, entonces, entendieron. Entendieron lo que Kahyla había comprendido mucho antes que ellos. Que eran los guardianes de aquella tierra, lo quisieran o no. No sabían si estaban preparados ni si eran dignos de ello.

Simplemente, lo eran.

Todos corrieron hacia el lugar donde Dani organizaba a los hombres y mujeres de Kijihelani para defender su hogar. Se colocaron junto a él, listos para luchar por aquella gente que creía en ellos sobre cualquier otra cosa. Sabían que Kahyla habría estado orgullosa de su primera decisión como centinelas: sacrificarlo todo para defender a los habitantes de su mundo.

Así que llenaron sus pulmones y cargaron contra los virzeg.

—¡Por Tebel! —gritaron a la vez.

Y todos los siguieron.

Nombre científico: *Paludidraco multidentatus*

Grupo: sauropterigio (no dinosaurio)

Cuándo vivió: hace 230 millones de años, Triásico superior

Dónde vivió: España

Alimentación: filtrador, omnívoro

Tamaño: 2,5 metros de largo

En España se han encontrado fósiles de paludidraco en la provincia de Guadalajara. Es un reptil marino emparentado con los notosaurios.

Sus mandíbulas tenían muchos dientes pequeños, de manera que se interpreta que se alimentaría filtrando el agua para capturar pequeños animales o plantas.

Otra info:

Sus vertebras y costillas eran muy macizas, por lo que no sería un animal muy ágil.

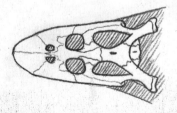

Capítulo 12

CAUSAS Y CULPABLES

El chillido de Jurra despertó a Najjal al rebotar en las paredes de la cueva. El hombre-raptor inspeccionó la oscuridad con sus pupilas alargadas. Sus siervos raj-kavvi dormían con la cabeza girada hacia el lomo, las patas delanteras plegadas hacia atrás, la cola recogida entre las traseras y las plumas ahuecadas. Tenían prohibido rugir o pelearse dentro del volcán: eso podría provocar desprendimientos. Todos conocían las consecuencias de desobedecer las reglas de su amo. Jurra, su kaintuli, mejor que nadie.

Si se había atrevido a romperlas, debía de ser por algo importante.

Najjal se levantó y acudió a su llamada. Amanecía, y la silueta del utahrraptor emplumado se recortaba contra la entrada de la cueva. Cambiaba el peso de una pata a otra, dando saltitos inquietos. Najjal no tardó en contagiarse de su nerviosismo.

Cuando ya casi estaba junto a él, Jurra volvió a chillar. Najjal frenó en seco, clavó sus pupilas alargadas en las del animal y comprendió. Miró al suelo. Frente a sus pies curvos y llenos de garras había un esqueleto metálico.

Jurra le había traído el cadáver de un virzeg de la jungla.

Pero en la jungla ya no había virzeg. Se había encargado personalmente de recuperarlos todos para que Arén construyera su ejército. Se había asegurado de que no quedara ninguno de aquellos seres sueltos por sus tierras.

Y, sin embargo...

—¡Arrén! —rugió Najjal.

El profesor Arén tardó unos segundos en aparecer. Junto a él, escoltándole, acudieron dos hombres~raptor: el jorobado Yrro, que alisaba la cresta de plumas del utahrraptor Rakku, y el joven Vikko, que alimentaba con trocitos de carne cruda a Xeffir.

—¿Qué ocurre, Najjal? —preguntó Osvaldo, protegiéndose los ojos de la luz con su antebrazo emplumado.

—Ssse te ha essscapado un sssoldado —siseó entre dientes el líder de los hombres-raptor, señalando el robot—. O quizá lo hayasss sssoltado tú.

Yrro, ágil como una serpiente, agarró al profesor Arén del cuello con una de sus garras. Lo levantó hasta ponerlo a la altura de los ojos de su líder.

—Sssosssspecho que esss másss bien lo sssegundo.

—Dime qué pretendesss o te arrepentirásss —le advirtió Najjal.

Jurra, Rakku y Xeffir asomaron la lengua entre los dientes puntiagudos. El profesor Arén ni siquiera tembló. Aún colgado de la garra de Yrro, miró al suelo. Empezaba a amanecer, y la luz suave se reflejaba en el cuerpo del robot.

—Yo no he construido esa máquina —respondió, sin sombra de miedo en la voz.

—¡Mentira! —rugió Najjal.

—He essstado vigilándole día y noche. —El joven Vikko dio un paso al frente—. Ningún virzeg ha essscapado de aquí.

—¿Y cómo explicasss esssto? —ladró Yrro, dando una patada al cadáver metálico.

—Procede de mi mundo —explicó el profesor Arén—. Allí hay muchas máquinas como estas. Deben de haberlo enviado mis compañeros por el mismo lugar por el que entramos nosotros. Para buscarnos.

—¡Másss mentirasss! —protestó Yrro, enseñando los dientes.

—Essspera —ordenó Najjal. Yrro calló al instante y depósito al profesor en el suelo—. ¿Dicesss que hay másss virzeg en tu mundo? ¿Cuántosss?

Osvaldo observó los restos del androide.

—Cientos. Miles. Podemos fabricar tantos como quieras.

—Lasss leyendasss ssson ciertasss, Najjal —intervino Vikko—. Lasss grutasss sssagradasss están abiertasss y conducen a Lembel, sssu mundo. Arrén dice que allí no hay avroy. Sssolo humanosss como él.

—Sssería muy fácil derrotarlosss —opinó Yrro.

—Y formar un gran ejército de virzeg con el que conquissstar Tebel —terminó Najjal. Se volvió hacia Osvaldo—: Dessspierta a los soldadosss.

Decenas de figuras caminaron hacia la entrada de la cueva. El eco de sus pisadas llenaba el aire, cada vez más cerca. Un centenar de ojos rojos brillaron en la penumbra, casi tanto como los dientes de los terópodos que los escoltaban. Dieron un paso más y sus cuerpos metálicos brillaron a la luz del sol.

Vikko se giró hacia Najjal con una sonrisa afilada en los labios.

—Ya essstán despiertosss.

★ ★ ★

—¿Puedes cogerme una de esas, bonito? —le preguntó Carla al ranforrinco, señalando las jugosas setas que crecían a la sombra de una araucaria.

El pequeño pterosaurio descendió casi hasta el suelo, arrancó cuidadosamente una con el pico y se la entregó a la chica. Carla la cogió con dos dedos y la dejó sobre una roca como si quemara.

—A ver si el truco de Kahyla para saber si son venenosas funciona... —Carla se tapó la nariz con dos dedos, cerró los ojos y clavó una uña en el sombrero de la seta, conteniendo una náusea. Luego abrió un ojo una rendijita para mirar el color de la carne, y vio que pasaba del blanco al azul—. Oh, oh, esto no parece muy buena señal... Oh, oh, ¡OOOHHH!

Apartó los ojos de la seta y los clavó en el tronco del árbol, que se movía de lado a lado como si fuera a sacar las raíces de la tierra y echar a andar. El ranforrinco levantó el vuelo, asustado, y Carla lo imitó.

—¡Dani, cuidado! —gritó desde la rama en la que se había posado—. ¡Que estoy buscando comida y hierbas medicinales!

—Y yo arrancando árboles para hacer un refugio —respondió él con paciencia infinita. Dani le tendió el tronco a su giraffatitán como si fuera una simple ramita—. Toma, Ngari. Llévalo con los demás.

La joven hembra cogió una de las ramas con los dientes y arrastró el árbol hasta una pared de roca cercana. Allí, los saurópodos que habían huido de Kijihelani con los humanos se habían convertido en grúas vivientes a las órdenes del joven ingeniero Lucas.

—Ese tronco ahí, Rongi. Y ese un poco más arriba, Marana. Kowa, espera a que terminen de apuntalar para colocar el tuyo —indicó, señalando a una familia de pentacerátops que levantaba una empalizada empujando con sus cuernos. Mientras tanto, Trasto se colaba entre las patas de los mayores, intentando encontrar una oportunidad de ayudar—. Leo, creo que necesitaremos un martillo ahí.

—Eso está hecho —respondió él.

Leo estrelló la robusta maza de su armadura ceremonial contra uno de los clavos de piedra que Lucas había colocado en algunos troncos. Al verlo, los anquilosaurios que esperaban en fila hicieron lo mismo con la bola sólida que remataba sus colas.

—¡Pija, el musgo para hacer cataplasmas lo necesito para hoy! —gruñó Elena.

Había improvisado un pequeño hospital en un tenderete de hojas de palma. Al principio, los maymnami que habían sufrido heridas o quemaduras durante la batalla no habían querido entrar. Pero Elena había ordenado a una patrulla de therizinosaurios, unos rechonchos reptiles de casi cuatro metros de altura con garras como guadañas, que rodearan el tenderete

para protegerlo. A pesar de su aspecto amenazador, aquellos terópodos se alimentaban de plantas, y eran de los pocos que no asustaban a los maymnami. De vez en cuando, los ranforrincos de Carla dejaban caer desde el aire un paquete con hongos, hierbas o musgo. Entonces, una bandada compuesta por gallimimus y pelecanimimus del tamaño de avestruces corría a recogerlo y entregárselo a Elena, que atendía a los heridos con cuidado. ¿Qué mejor manera tenía de demostrarle a aquella gente que no todos los rajkavvi eran malos?

Cuando terminaron de buscar comida, construir refugios y curar heridos, ya era casi de noche. Las sombras se extendían por el campamento y también por los corazones de todos. Los refugiados de Kijihelani lloraban por sus familiares y sus casas perdidas.

Leo, Carla, Elena, Dani y Lucas descansaban junto a las patas de Ngari; tenían que reunir fuerzas para hacer guardia durante la noche. Ninguno hablaba, todos estaban pendientes de las palabras que susurraban los aldeanos. Palabras que conocían bien: virzeg, yajjaali, asawa, yajjilarii. En sus refugios, los maymnami elaboraban teorías sobre los virzeg. Decían que eran los espíritus de los seguidores de Najjal caídos durante el Parajjani. Que su antiguo líder los había invocado para desafiar a los nuevos centinelas.

—Deberíamos apagar los amuletos —dijo Dani, consciente de que así dejarían de entenderlos. La excusa que dio fue otra—: Recordad lo que nos dijo Kahyla. En nuestro mundo los usamos demasiado y nos... cambiaron.

Todos obedecieron, pero no encontraron el silencio que buscaban. Los susurros seguían llenando sus oídos, aunque ya no pudiesen comprenderlos.

—Se equivocan —dijo Lucas. Tenía los ojos húmedos y acariciaba a Trasto, que se había dormido en su regazo—. La culpa de todo esto no es de Najjal. Es mía.

—¡Qué dices! —protestó Elena—. Es culpa de la ingeniera, que se ha vuelto loca.

—La abandonamos... —murmuró Carla—. Tendríamos que haber vuel...

—No pudimos, Carla. No pudimos hacer nada. Ni por ella, ni por el profesor. —Leo hablaba con voz grave, intentando convencerse a sí mismo—. Ni siquiera sabíamos que estaba viva. Y ese ejército de robots que ha construido...

—La ingeniera encontró Kijihelani por mi culpa —insistió Lucas, sacando una especie de pelota metálica chamuscada de la mochila.

—¿Bibot? —preguntó su hermana, extrañada—. ¿No se lo habías dado a...?

—La niña maymnami, sí —respondió Lucas. Después de la batalla, la pequeña se había acercado a él, temblando de miedo, y le había devuelto el robot—. No conseguí arreglar el mapa, pero, por lo visto, activé el localizador. Yo he traído aquí a los robots.

Todos contuvieron un grito de horror.

—Kahyla tenía razón —dijo Elena, abrazando a su hermano—. Solo traemos muerte a este mundo.

—Quizá sería mejor que volviéramos al nuestro. Esto nos queda grande —opinó Carla.

A Lucas se le humedecieron los ojos.

—Pero también deberíamos ayudarlos. Es nuestra responsabilidad.

—Además, no podemos volver a Zoic —intervino Leo—. La ingeniera quiere los amuletos y hará cualquier cosa para conseguirlos. Incluso destruir Pangea.

—Igual que Najjal... —siseó Elena entre dientes.

—O sea que, si nos vamos, mal. Y, si nos quedamos, peor —resumió Lucas, limpiándose las lágrimas de la cara—. Tiene que haber alguna solución.

—Si al menos no hubieran capturado a Kahyla... —murmuró Leo, con tristeza—. Ella sabría qué hacer.

Todos volvieron a quedarse en silencio. En ese silencio lleno de susurros en el que ahora retumbaban como tambores dos palabras: «yajjilarii» y «Kahyla».

Dani, hasta entonces callado, rompió el silencio con su voz grave y profunda.

—Eso es lo que debemos hacer. Rescatar a la única centinela de verdad.

—Pero no estamos preparados —replicó Carla—. Kahyla nos lo decía todo el rato.

—También dijo que habíamos devuelto la esperanza a esta gente —repuso Dani—. Somos lo único que tienen. Rescatar a Kahyla, devolver los amuletos, regresar a nuestro mundo y cerrar el portal para siempre. Ese es el plan.

Leo tragó saliva. Si Kahyla estaba en lo cierto y su tía seguía viva, la condenarían a quedarse atrapada en aquel lugar. No podía hacerle eso. No, después de todo lo que había hecho para encontrarla.

Dani continuó hablando:

—Tal vez no seamos los centinelas de Pangea, pero los amuletos responden ante nosotros. Es la única manera de reparar el daño que hemos causado y evitar más sufrimiento. —Dani se incorporó pesadamente y le hizo una seña a Ngari. La giraffatitán extendió una pata y le ayudó a encaramarse a su lomo—. Yo voy a ir, me acompañéis o no. Si queréis venir, más vale que durmáis. Saldremos al amanecer.

Nombre científico: *Stegosaurus stenops*

Grupo: tireóforo, estegosaurio

Cuándo vivió: hace 150 millones de años, Jurásico superior

Dónde vivió: Norteamérica y Portugal

Alimentación: fitófago (herbívoro)

Tamaño: hasta 9 metros de largo

Los estegosaurios fueron los grandes dinosaurios acorazados del Jurásico. Poseían dos hileras de placas sobre el lomo y dos pares de púas afiladas en la cola.

Su cerebro era muy pequeño en comparación con el tamaño de su cuerpo.

Otra info:

A estas púas en la cola se les suele llamar «tagomizador». Se han encontrado restos fósiles de *Stegosaurus* en Portugal. Estos y otros fósiles en común demuestran que Norteamérica y Europa estuvieron unidos hace millones de años.

Capítulo 13

PEZ FUERA DEL AGUA

El elemento natural de los ahuluna era el agua. Dulce o salada, necesitaban flotar en su inmensidad sin barreras para sobrevivir. Por eso no soportaban estar encerrados, igual que les pasaba a los dayáir. Lo más parecido a una pecera que Kahyla había visto en su vida eran los recintos al pie del acantilado donde la tahulu curaba a las criaturas heridas o enfermas. E incluso esos estaban al aire libre.

Kahyla sentía que se ahogaba. El cilindro de vidrio donde la transportaban tenía agujeros que dejaban pasar el aire, pero lo que ella necesitaba era agua.

Verla, sentirla. Golpeó el cristal con puños y pies, pero no consiguió romperlo. Ojalá tuviera su yajjaali.

Se sentía desnuda sin él.

Kahyla vio cómo el amuleto se balanceaba a su lado, colgado del gancho metálico del virzeg que la había capturado. Que no hubiera muerto al arrebatárselo demostraba que eran seres sin alma. Otra de aquellas criaturas la llevaba a cuestas en su jaula de cristal. Amuleto y centinela estaban separados y flotaban a varios metros del suelo, transportados por un ejército de monstruos mecánicos que actuaban como si estuvieran gobernados por una sola mente. Por lo poco que sabía de ellos, seguramente así era.

Kahyla dejó de revolverse. No sabía adónde la llevaban, y necesitaría sus fuerzas más adelante. Se encogió sobre sí misma, metió la cabeza entre las piernas e intentó respirar más despacio. Dejar la mente en blanco. Pensar con claridad.

Pero los pensamientos que le venían a la mente no tenían nada de claros. El humo los emborronaba. El fuego los ennegrecía. Los gritos de los maymnami se mezclaban con los de su padre y los centinelas caídos durante el Parajjani. Su cabeza era un concierto de lamentos pasados y presentes. No pudo evitar ponerse nerviosa otra vez, respirar con dificultad. Volvió a patalear, a malgastar sus fuerzas. A equivocarse.

Otra vez.

Su primer error como yajjilarii había sido no esconder bien los yajjaali. El segundo, creer los rumores de la jungla sobre los nuevos centinelas e ir en su busca. El tercero, salvarlos. El cuarto, entrenarlos. El quinto, creer que juntos podrían restablecer el asawa.

Desesperada, Kahyla se permitió llorar y patalear contra las paredes de su jaula, como la niña que era. Sabía que era un error, pero ya había cometido tantos...

Ahora que todo estaba perdido, añadir uno más no cambiaría nada.

* * *

El estruendo de una cascada la despertó. Había llorado tanto que el agotamiento y el bamboleo de su jaula de cristal habían terminado por vencerla. Se frotó los ojos somnolientos y miró a su alrededor.

Nada de lo que veía tenía sentido.

Aquella era la gruta sagrada a la que iba a llevar a los falsos yajjilarii. Le había costado reconocerla porque, a su alrededor, en las zonas más llanas, había pequeñas cúpulas blancas de las que entraban y salían humanos. Iban vestidos con la misma ropa ridícula que los chicos llevaban bajo las armaduras ceremoniales cuando los encontró. Algunos de ellos iban acompañados de virzeg, pero eran más parecidos a la arañita metálica del joven yiaulú que a las máquinas de dos patas que habían atacado Kijihelani.

Lo que más le horrorizó fue descubrir que había otras criaturas de Tebel apresadas allí. Sus jaulas estaban marcadas con garabatos incomprensibles, como los que alguna vez había visto escribir al chico gubashka. Leo había intentado enseñarle el alfabeto de su

203

lengua, pero a Kahyla leer le parecía una pérdida de tiempo. Supuso que los letreros indicaban la especie del avroy que había en la jaula, pero no quiso ni imaginar para qué los habían capturado.

Estaba volviendo a ponerse nerviosa, así que se concentró en el sonido de la cascada. Cerró los ojos y llamó a sus hermanos ahuluna, pero sin el yajjaali no la oían. Además, los invasores habían construido presas para separar los ríos cercanos a las construcciones. Aunque Oranawa o Ahunil consiguieran oírla, nunca podrían llegar hasta ella.

Junto a una de las cúpulas, unos humanos cogieron un enorme cilindro de metal de los muchos que había apilados ahí y lo conectaron a la espalda de uno de los virzeg más grandes. Antes de alejarse de él, pulsaron unos cuantos botones en la espalda de la máquina, y esta se incorporó con un chirrido. Del extremo de sus brazos surgió una inmensa lengua de fuego, como una boca ardiente haciéndole burla. Los árboles y helechos de la jungla ardieron y desaparecieron.

Kahyla se levantó de un salto y aporreó el cristal con todas sus fuerzas.

—¡No! —gritó, haciendo que la jaula se balanceara peligrosamente—. ¡SOLTADME!

—Soltadla —dijo una voz tras ella.

Kahyla se volvió.

El gigantesco virzeg paró en seco y apoyó la jaula de cristal en el suelo. El que transportaba su yajjaali, en cambio, abrió una caja metálica de color negro y dejó caer el amuleto en el interior. Con medio cuerpo oculto por la caja, muy cerca de ella, pero sin tocarla, había una mujer de cabello blanco. Su rostro le era familiar, pero Kahyla no sabía de qué la conocía. Cuando se acercó a ella, se dio cuenta de que solo era mujer de cintura para arriba.

Su otra mitad era virzeg.

—¿Te gustan mis nuevas piernas? Eso espero, porque esto es culpa tuya —dijo la mujer, moviendo sus patas de araña en un baile de pesadilla—. Tuya, y de esos niños que me abandonaron a mi suerte.

Kahyla abrió los ojos, horrorizada.

—Veo que ya recuerdas quién soy —sonrió la ingeniera mientras caminaba rodeando la jaula—. Muy pronto, yo también sabré quién eres tú. Y, sobre todo, cómo funcionan tus poderes. —Dio unas palmaditas sobre la tapa de la caja negra—. Al principio no querrás hacerlo, pero acabarás contándomelo todo.

Kahyla rugió y se abalanzó con los brazos extendidos hacia su cuello. Por un segundo, olvidó que entre ellas había una pared invisible. Rebotó y cayó al suelo, con un hilillo de sangre colgándole de la nariz, pero no apartó los ojos de ella.

—Me gusta tu actitud, niña —dijo la mujer—. En otras circunstancias, podríamos habernos llevado bien. Siento mucho tener que torturarte. —Se volvió hacia el robot que la había dejado en el suelo y ordenó—: Trae a la prisionera.

La máquina dio un paso al frente y extendió el brazo hacia la urna de cristal. Pero ni siquiera tuvo tiempo de abrir el cerrojo, porque una enorme pata cayó desde el cielo sobre ella, reduciéndola a polvo metálico.

Vega dio una orden mental, y sus nuevas y eficientes piernas la alejaron de allí, justo cuando otra pata gigante hacía retumbar el suelo junto a la jaula. Jadeando, la ingeniera miró hacia arriba.

Y vio al saurópodo que había aplastado a su androide como una ramita.

—Ngari, ¡alto! —ordenó una potente voz.

El animal dio un par de pisotones más y se detuvo, impaciente. Dani se deslizó por su lomo y aterrizó en el suelo. Había crecido desde la última vez que la ingeniera lo había visto, y parecía más fuerte. El brillo verde de su amuleto coloreó los ojos de Kahyla de esperanza, y arrancó un destello de envidia de los de la ingeniera.

—Vaya, vaya. Mira quién está aquí —murmuró Vega, exultante.

—No sé por qué está haciendo todo esto —dijo Dani, dando un paso al frente—, pero tiene que parar, ingeniera Merón.

Por toda respuesta, la ingeniera torció los labios en una sonrisa siniestra.

—¡Cogedle!

En cuanto pronunció aquella palabra, un montón de androides que parecían inactivos se levantaron del suelo. Los esqueletos metálicos resucitados apuntaron hacia Dani, zumbaron y dispararon. El gigante se echó a un lado y, llevándose la mano al amuleto, le pidió a Ngari que hiciera lo que llevaba tiempo deseando hacer. La hembra bramó enloquecida, se incorporó sobre las patas traseras y cayó con todo su peso sobre los robots, reduciéndolos a un montón de chatarra.

Pero la ingeniera no parecía impresionada.

—¡Cogedle! —ordenó de nuevo.

Los siguientes en activarse fueron los enormes androides lanzallamas equipados con bidones de combustible y mangueras de fuego. Rodearon a Dani y Ngari para acabar con ellos. Pero los zumbidos y chirridos de los robots quedaron ahogados por el potente sonido de tuba de un arenysaurio.

El grito de guerra de los centinelas de Tebel.

Una bandada de ranforrincos descendió en picado desde las alturas. Los animales cargaban contra los androides, arrancaban cabezas, brazos y sensores termográficos, y volvían a ascender rápidamente. Carla dirigía el ataque y disparaba dardos a las partes más desprotegidas de los robots, montada en un inmenso quetzalcoatlus. De vez en cuando, este llenaba el pico con agua de la cascada y la dejaba caer sobre el ejército de máquinas para fundir sus circuitos.

Distraídos con el ataque aéreo, los robots no vieron que los mellizos atacaban por tierra. Una manada de therizinosaurios se abalanzó sobre ellos con sus garras afiladas como guadañas mientras, al frente, Elena blandía su espada curva entre rugidos. Detrás de ella venía el escuadrón de limpieza de Lucas. Acompañado por varios paquicefalosaurios y protegiéndose con el escudo de su armadura ceremonial, iba derribando a cabezazos a los pocos robots que quedaban en pie y cortando los cables de energía que los alimentaban. Trasto le seguía, vigilando sus espaldas, mientras hacía tropezar las rígidas patas robóticas de los androides y derribaba a los humanos que encontraba por el camino.

Cuando los robots intentaron contenerlos, llegó el escuadrón acorazado. El suelo tembló, los árboles se agitaron y Leo y sus anquilosaurios salieron de la jungla para sembrar el caos entre sus enemigos. Los tireóforos agitaron sus duras mazas en el aire y las descargaron contra los robots. Mientras tanto, su centinela se acercó a una pared de piedra y le dio un fuerte golpe, provocando una avalancha que enterró a un pelotón de arañas armadas con rayos aturdidores.

Pero, por muchos robots que aplastaran, frieran o inutilizaran, de las cúpulas blancas no dejaban de salir nuevos guerreros. Por cada uno que destruían, cinco más ocupaban su lugar. El ataque sorpresa perdió efecto, y la cantidad de enemigos fue creciendo hasta que, finalmente, los centinelas quedaron acorralados.

—¡Basta! —dijo la voz de la ingeniera.

Los robots dejaron de luchar inmediatamente.

Vega Merón contempló la escena, protegida por su barrera de androides guardaespaldas. Estaba de pie junto a la jaula de Kahyla, y en las manos sostenía una caja negra.

—Tengo una planta de montaje al otro lado del portal —dijo, satisfecha, señalando la cascada—. Puedo crear todos los soldados que quiera. No tenéis ninguna posibilidad.

—No estamos solos —repuso Leo, terco—. Las criaturas de este mundo son fuertes. Lucharemos hasta el final.

—No hace falta llegar a eso. Mi ejército y yo nos retiraremos cuando tengamos lo que hemos venido a buscar. —Los ojos avariciosos de la ingeniera se clavaron en los colgantes de colores. Abrió la caja que tenía en las manos, y de ella brotó un resplandor azul—. Entregadme los amuletos, y me marcharé de aquí.

—¡Los yajjaali nunca serán tuyos! —rugió Elena.

—Losss yajjaali ssserán nuessstrosss —intervino entonces una voz siseante—. Y vosssotrosss también.

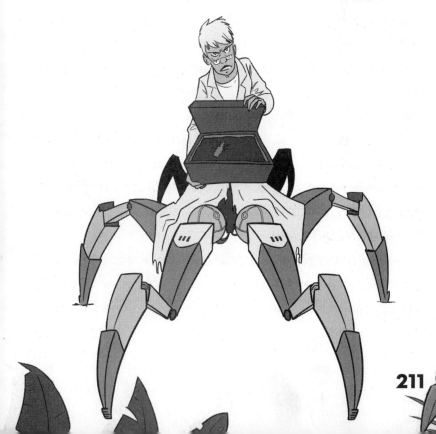

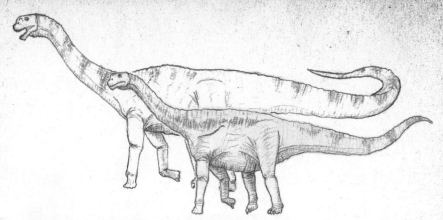

Nombre científico: *Turiasaurus riodevensis* y *Losillasaurus giganteus*

Grupo: saurópodo, turiasaurio

Cuándo vivió: hace 145 millones de años, Jurásico superior

Dónde vivió: España

Alimentación: fitófago (herbívoro)

Tamaño: el *Turiasaurus* podía alcanzar los 30 metros de largo, mientras que el *Losillasaurus* alcanzaría 20 metros de largo

Se trata de dos dinosaurios saurópodos primitivos que son parientes muy cercanos. El *Turiasaurus* fue descubierto en Riodeva (Teruel), mientras que el *Losillasaurus* fue encontrado en Losilla de Aras (Valencia).

Otra info:

Sus dientes tenían forma de corazón.

Hubo parientes de los turiasaurios que vivieron en Norteamérica en el Cretácico inferior.

Capítulo 14

DEMASIADOS ENEMIGOS

Osvaldo Arén había pasado tanto tiempo a oscuras que la luz le dañaba los ojos. O, quizá, aún no se hubiera acostumbrado a sus pupilas de raptor. Por el motivo que fuera, necesitaba sus gafas de sol. Sorprendentemente, habían sobrevivido a Pangea solo con una patilla doblada y los cristales arañados. A Najjal no le gustaban. No se fiaba de él, y menos con los ojos tapados. Pero Vikko había conseguido convencerle de que las gafas eran inofensivas y de que, con ellas, aquel humano inferior no retrasaría al grupo.

Osvaldo no dijo nada, pero estaba agradecido. El más joven de los hombres-raptor le inspiraba ternura.

Era inteligente y aprendía rápido. Además, de alguna forma extraña, parecía admirarlo. Cada vez que el muchacho se sentaba a su lado para ayudarlo con sus robots y escuchar historias sobre su mundo, Osvaldo recordaba las tardes que había pasado en el Colegio Iris hablando de paleontología con Leo.

El corazón se le encogió cuando llegaron a lo alto del saliente de piedra. No fue por el estruendo de la cascada, ni porque estuvieran justo encima del portal a su mundo, a casa. Lo que hizo que se le acelerase el pulso fueron aquellas siluetas que reconoció inmediatamente, aunque los arañazos en sus gafas no le dejaran verlas bien.

Una mujer con patas de araña.

Cinco chicos que hablaban con los dinosaurios y corrían, saltaban y golpeaban como no hubiera podido hacerlo un ser humano normal.

Una joven atrapada como un insecto en un tarro de cristal.

Una avalancha de soldados robóticos que surgía de unas cúpulas blancas al pie de la cueva.

Osvaldo dio gracias de tener sus gafas oscuras. Solo así pudo disimular la lágrima que le corría por la mejilla.

—Están vivos... —murmuró.

Un resplandor rojo le cegó. Un dolor penetrante le invadió la cabeza. Tenía que controlarse, disimular sus emociones. Si no lo hacía, el huevo lo sabría.

—¡Basta!

Abajo, la ingeniera acababa de detener la batalla con un golpe de voz.

—Entregadme los amuletos, y me marcharé de aquí —la escuchó decir.

—¡Los yajjaali nunca serán tuyos! —rugió Elena.

—Losss yajjaali ssserán nuessstrosss —intervino Najjal—. Y vosssotrosss también.

La amenaza siseante de Najjal cortó el aire como un cuchillo.

Durante un segundo eterno, lo único que se escuchó fue el agua de la cascada que, imparable, se estrellaba contra una poza frente a la cueva. La aparición de los hombres-raptor había pillado a todos desprevenidos. Pero lo que realmente los sorprendió fue reconocer a aquel hombre pálido y harapiento que estaba a su lado. Tenía la piel llena de plumas y escamas, y los ojos ocultos tras unas gafas de sol ralladas y rotas.

—¡Aldo! —gritó Leo.

Elena se estremeció al ver lo que el poder de los terópodos le había hecho al profesor Arén. Sintió el

impulso de apagar la luz roja de su amuleto, pero intuía que iba a necesitarlo pronto.

Najjal sonrió con malicia.

—¿Lo queréisss? —El hombre-raptor cogió al profesor de los harapos y lo levantó en el aire sobre el
borde de la cascada—. Entregad losss yajjaali y ssse-
rá vuessstro.

—¡No, Najjal! —protestó Vikko—. ¡Lo necesssitamosss
para dirigir a losss virzeg!

—No, necesssitamosss a esssa hembra —intervino
Yrro, señalando a la ingeniera—. Ella esss quien losss
conssstruye.

—Sssí —se relamió Najjal—. Másss sssoldadosss.

La carcajada de Vega Merón se escuchó por encima del ruido de la cascada.

—Por encima de mi cadáver. —Un brillo malvado cruzó el vidrio de sus gafas—. Y de los cadáveres de mis soldados cibernéticos.

Najjal se tensó. No le gustaba que la hembra lo desafiara con tanto descaro. Decidió que, cuando consiguiera su ejército, la haría sufrir. El hombre-raptor miró al cielo y lanzó un chillido animal.

Y el aire se inundó de rugidos.

Unas amenazadoras y extrañas figuras aparecieron en lo alto de la cascada. Robots deformes, desmontados y vueltos a montar con chatarra y partes sueltas. Alosaurios con cañones de rayos aturdidores enganchados en el cuello y la cabeza. Ceratosaurios con afiladas cuchillas y sierras en la cola. Torvosaurios con lanzadores de redes colgando a ambos lados de un lomo blindado con gruesas placas metálicas.

Un ejército de pesadilla.

—¡Han tuneado a los dinosaurios! —se asombró Lucas, con tanta curiosidad como espanto—. ¡Y también los robots de expedición de Zoic!

El tiempo se detuvo. El profesor Arén aún se balanceaba en el aire, indefenso. Las gafas de sol se

resbalaban lentamente por su nariz, dejando a la vista sus pupilas de reptil. Pupilas fijas en Leo. El niño abrió la boca, horrorizado. El profesor Arén se retorció y pataleó, tratando de liberarse de la garra de Najjal. El hombre-raptor extendió su fuerte brazo, unos centímetros más allá del borde de la cascada. Y, abriendo lentamente la garra, dejó caer a Osvaldo Arén al vacío.

El chapoteo de su cuerpo al hundirse en el agua sonó como un trueno.

El tiempo volvió a ponerse en marcha.

Y todos se abalanzaron sobre todos.

—¡Traedme los amuletos! —ordenaron Vega y Najjal a la vez, cada uno dirigiéndose a sus propios soldados.

—¡Tenemos que rescatar a Aldo! —dijo Leo, corriendo entre dos anquilosaurios acorazados para llegar hasta la poza donde había caído el profesor.

Elena esquivó por los pelos la pinza de uno de los robots de la ingeniera y cortó el brazo de otro con un golpe de su espada curva.

—¡No! ¡Tenemos que rescatar a Kahyla! —gritó.

—Pero el profesor... —insistió Leo, ya con medio cuerpo en el agua.

Ngari barrió con la cola a los androides que salían de una de las cúpulas blancas y apuntaban sus armas hacia el centinela de los tireóforos.

—¡Leo, cuidado! —gritó Dani, desde el lomo de la giraffatitán—. ¡Nos atacan por todas partes!

Dani esquivó las garras de uno de los raptores que saltaban sobre ellos desde lo alto de la cascada. Los depredadores aterrizaron en el suelo con sus ágiles patas, y apuntaron a Leo con unos extraños punteros láser que llevaban enganchados a la cabeza. Se oyó un chasquido y en sus armaduras aparecieron unos pequeños y afilados pinchos metálicos.

Leo cerró los ojos.

—¡Míos! —Lucas se interpuso en la trayectoria de los pinchos a la velocidad de un hipsilofodonte, y protegió a Leo con su escudo—. ¡Son dardos tranquilizantes!

—¡Yo me ocupo!

Carla bajó en picado, montada en su quetzalcoatlus y acompañada por una bandada de dsungaripterus, unos pterosaurios más pequeños y ágiles que esquivaban fácilmente las dentelladas de los terópodos. Atacando con sus picos curvos, finos y afilados, los reptiles aéreos cayeron sobre los carnívoros y los distrajeron para que Leo y Lucas pudieran escapar. Cuando volvió a ascender, Carla vio desde las alturas que el campo de batalla seguía el curso del río y estaba lleno de desniveles. Aquel terreno irregular hacía que el combate fuera todavía más confuso: mientras ellos trataban de llegar hasta Kahyla y el profesor, los robots luchaban contra los terópodos, los terópodos contra los robots, y todos contra ellos, para quitarles sus amuletos.

¿Por qué todo tenía que ser tan complicado?

Leo y Lucas corrieron hacia los anquilosaurios y paquicefalosaurios, y dejaron fuera de juego a los raptores que había dispersado Carla. Furiosa, Ngari barría y pisoteaba a los robots con la cola y las patas mientras Dani agarraba del rabo a los escurridizos troodones, velocirraptores y utahrraptores y los lanzaba contra los androides más grandes. Él también parecía enfadado.

Por su parte, Elena trataba de llegar hasta Kahyla. Había decidido no usar sus poderes para intentar frenar a los terópodos: se limitaba a esquivar y correr. De repente, sentía miedo de su diente: al ver al profesor, había entendido las advertencias de la centinela de los plesiosaurios sobre el peligro de los amuletos. Por primera vez en su vida, se sentía insegura. Necesitaba que alguien le dijera qué hacer.

Necesitaba a Kahyla.

Protegida por su legión de robots guardaespaldas, la ingeniera contemplaba la lucha con atención. Los demás científicos de Zoic habían huido nada más empezar la batalla. La habían dejado sola, como todos, pero eso ya no importaba. Se dio cuenta de que los hombres-raptor, dirigidos por Najjal, eran más fuertes de lo que pensaba. Las habilidades de los chicos también superaban sus expectativas. Pero ella tenía algo que todos querían.

Esa sería su perdición.

—¡Proteged la jaula! —gritó a sus máquinas.

Una muralla de androides de combate se cerró alrededor de la prisión de cristal desde donde Kahyla lo observaba todo, impotente. Los sensores buscaron a los chicos y los rayos aturdidores volaron por el aire. Elena, Leo, Dani y Lucas se pusieron a cubierto. Ellos no tenían manera de llegar hasta la centinela.

Pero Carla sí.

La yajjilarii de los dayáir volvió a descender a lomos de su quetzalcoatlus. Cuando parecía que iba a estrellarse, Carla tiró del cuello del animal y se puso en cuclillas; era como si surfease al vuelo, usando al dayáir como tabla. Clavó la vista en la jaula de Kahyla y supo que el quetzalcoatlus estaba viendo lo mismo que ella.

—¡Ahora! —le dijo.

Carla saltó del lomo del pterosaurio y Kahyla se tiró al suelo cuando comprendió lo que pretendía hacer. Gracias al impulso de la caída, el enorme pico del quetzalcoatlus se clavó en el centro del cilindro de vidrio y arrancó la parte superior con un sonido de cristales rotos. Las esquirlas volaron ante los ojos de la ingeniera mientras Elena, que había conseguido colarse entre la muralla de robots, cogía a Kahyla y se la llevaba de allí. Vega Merón estaba tan sorprendida que no se dio cuenta de que tenía a Carla detrás hasta que fue demasiado tarde. La chica le arrebató la caja negra de las manos y voló lejos de su alcance.

—¡NO! —gritó la ingeniera—. ¡NO!

Unos segundos más tarde, Elena y Carla aterrizaban, entre una lluvia de disparos y un concierto de rugidos, junto al resto de sus compañeros.

—¡Bien! —gritó Lucas, entusiasmado.

Kahyla tosió. Estaba muy débil y llena de cortes ensangrentados. Parecía a punto de desmayarse. Carla le tendió la caja negra, pero el diente de piedra que Kahyla sacó de su interior no tenía brillo.

—Mi yajjaali no..., no... —murmuró antes perder el sentido.

—¡Despierta! —pidió Elena, agitándola—. ¡No nos dejes solos!

—¡Hay que recargar su diente! —comprendió de repente Leo, esquivando un rayo aturdidor de los robots.

—¡Claro, se ha quedado sin batería! —razonó Lucas, protegiéndolos con su escudo.

Ngari se colocó junto a ellos para refugiarlos entre sus patas.

—¿Os acordáis de las palabras que dijo en el templo de los maymnami? —preguntó Dani.

—Yo sí —dijo Carla, cubriéndolos a todos con la capa de su traje como si estuvieran bajo un toldo.

Anquilosaurios, paquicefalosaurios, pterosaurios y saurópodos formaron un círculo alrededor de los centinelas y los protegieron mientras ellos acercaban sus amuletos iluminados al de Kahyla. Carla cerró los ojos y, con voz suave, recitó aquellas palabras extranjeras y mágicas con un acento perfecto. Los yajjaali se iluminaron y, durante un segundo, el rostro de Kahyla se tiñó de colores.

—Despierta, despierta, despierta —imploraba Elena.

Kahyla tardó varios segundos en reaccionar. Elena siempre los recordaría como los más largos de su vida. Igual que siempre recordaría su mirada de agradecimiento cuando por fin abrió los ojos y les sonrió.

Sin embargo, la alegría no duró demasiado. Cuando ayudaron a ponerse en pie a la centinela de los plesiosaurios, una inmensa red metálica atrapó a Ngari. Uno de los anquilosaurios cayó, aturdido, con un puñado de dardos tranquilizantes clavados en el lomo. Varios paquicefalosaurios se retiraron a la jungla, heridos. Los pterosaurios tuvieron que dispersarse para que los rayos aturdidores no los alcanzasen.

La ingeniera gritaba, furiosa, y enviaba más robots a por ellos.

Yrro y Najjal los acechaban con una sonrisa siniestra, acompañados de decenas de aquellos extraños dinocíborgs y robots caseros.

El tiempo volvió a detenerse mientras la ingeniera y los hombres-raptor decidían si destruirse entre ellos o abalanzarse sobre los amuletos.

Los centinelas estaban atrapados.

Pero, en esa breve pausa, un temblor sacudió la jungla.

—¿Másss virzeg? —preguntó Vikko desde la orilla de la poza. No había podido resistirse a salvar al profesor Arén, al que sostenía en brazos, desmayado y chorreante.

—No —siseó Najjal, husmeando el aire. Se sobresaltó—. ¡Rápido, coged a los...!

—Nadie va a tocarles un pelo —bramó una voz femenina.

Humanos, robots y bestias giraron la cabeza hacia el límite de la jungla, donde una mujer de aspecto imponente cabalgaba un zuul curivastrator. A Leo se le cayó la maza al suelo. Y se le llenaron los ojos de lágrimas.

—Sabía que no perderías el norte, Leo —declaró la mujer, espoleando al tireóforo—. No pienso volver a dejarte solo.

Seguida por una legión de guerreros gubashka, Penélope Eirós se lanzó a la carrera para rescatar a su sobrino.

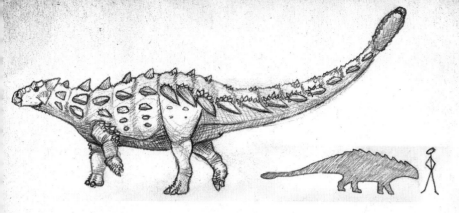

Nombre científico: *Zuul crurivastator*

Grupo: tireóforo, anquilosaurio

Cuándo vivió: hace 75 millones de años, Cretácico superior

Dónde vivió: Norteamérica

Alimentación: fitófago (herbívoro)

Tamaño: hasta 6 metros de largo

Este anquilosaurio estaba completamente acorazado, y poseía una maza al final de la cola. Sus fósiles, encontrados en Montana, Estados Unidos, están muy bien conservados, incluyendo impresiones de su piel.

Otra info:

Su nombre significa «Zuul, el destructor de espinillas», y hace referencia a su parecido con un monstruo de la película *Cazafantasmas* de 1984, así como a su maza, capaz de romper las patas de dinosaurios terópodos que lo amenazasen.

Capítulo 15

TAN CERCA
Y TAN LEJOS

A Leo le costaba pensar cuando su amuleto estaba activado. Era lógico, teniendo en cuenta que los tireóforos eran los dinosaurios de cerebro más pequeño. Criaturas resistentes y testarudas que se movían por instinto. Ese instinto le hizo abandonar su refugio tras las patas de Ngari y correr hacia su tía.

—¡Tía! —gritó Leo, apretando con los dedos la red metálica donde estaban atrapados.

Los animales que capitaneaba Penélope respondieron a su llamada con gruñidos: dacentrurus, estegosaurios, struthiosaurios y anquilosaurios se acercaron al galope. Montados sobre ellos había hombres y mujeres armados con lanzas y mazas. Tardaron muy poco en llegar junto a la giraffatitán, rodearla y rasgar la red que la cubría.

—Son rhujaykán. De los mejores guerreros de Tebel —murmuró Kahyla con admiración mientras los veía rechazar a los virzeg y los antinaturales rajkavvi de Najjal con la misma habilidad. Los guerreros le hicieron una reverencia.

—¡Leo! ¡Ponte a salvo! —gritó Penélope, haciendo derrapar a Zuul frente a las patas de la saurópodo.

Leo la ignoró y subió de un salto a la coraza del zuul curivastrator. Estrechó a su tía con todas sus fuerzas y hundió la cara en aquellas extrañas ropas que llevaba puestas. Los sollozos de alegría le hacían temblar de pies a cabeza.

—Has venido a por mí...

Penélope agradeció el dolor de aquel abrazo y lo besó en la mejilla.

—Y tú a por mí —dijo, secándose sus propias lágrimas—. No me diste por perdida.

—Aldo tampoco —murmuró Leo, mirando hacia la poza.

El profesor Arén vomitaba agua a los pies de Vikko, y contemplaba a Penélope con angustia. Sus pupilas volvían a ser redondas y miraba a todos como si fueran fantasmas. Najjal dejó de dar órdenes a sus rajkavvi durante un segundo, bajó la vista hacia él y plantó una robusta pata de raptor en su pecho para dejar claro que, ahora, Osvaldo Arén era de su propiedad.

—Así que has vuelto. —La voz de la ingeniera llegó hasta ellos a través de su barrera de androides guardaespaldas—. Solo tú serías capaz de sobrevivir entre estos salvajes.

—¡La única salvaje que veo aquí eres tú! —repuso Penélope, furiosa—. ¿Qué es este horror, Vega? Tú eres científica. Tenemos mucho que aprender de este mundo, de su cultura. No lo destruyas.

—Siempre te ha interesado el pasado, Penélope. El futuro nunca fue para ti. Y, por eso, te extinguirás como tus queridos dinosaurios. —La ingeniera señaló a los niños, protegidos por el ejército de Penélope—. Y sus guardianes.

Los robots cargaron contra ellos.

—Leo, trae a tus amigos —ordenó su tía, esquivando un rayo aturdidor—. Con ayuda de los rhujaykán, podemos entrar en la cueva y volver a nuestro mundo.

—¿Quieres huir? —se sorprendió Leo—. ¡Pero Pangea está en peligro! ¡Tenemos que defenderla!

A pesar de la tensión de la batalla, Penélope sonrió al escuchar el nombre con el que Leo había bautizado aquel mundo. El mundo del que tanto había aprendido, que tanto le había dado. Por el que estaba dispuesta a arriesgarlo todo.

Todo, menos la vida de su sobrino.

Un feroz ceratosaurio cerró sus mandíbulas muy cerca de la barrera de los rhujaykán y blandió su cola llena de cuchillas hacia el cuello de Ngari. La saurópodo se apartó justo a tiempo y lo rechazó con su propia cola, recordándoles el peligro que corrían.

—Tu tía tiene razón, gubashka —dijo Kahyla. Había perdido su red y el remo de su armadura ceremonial, pero el yajjaali brillaba intensamente en su pecho. Incluso desarmada, estaba preparada para luchar y defender su mundo. Miró a Penélope con una expresión de admiración que Leo no le había visto nunca, y el chico supo que estaba pensando en su padre—.

Este es el fin de vuestro viaje. Ahora debéis volver a Lembel.

Penélope agitó su maza como si fuera un bate contra un par de troodones que habían conseguido colarse a través de la muralla de guerreros rhujaykán.

—¡Pero necesitas ayuda! —replicó Elena, que salió en aquel momento de debajo de Ngari para decapitar con su espada curva a un androide—. ¡Son demasiados!

—Quieren los yajjaali. Devolvédmelos y podréis escapar —aseguró Kahyla.

Se agachó con un veloz movimiento y recogió del suelo una de las lanzas de los guerreros rhujaykán caídos en combate. Tomó impulso y la lanzó con todas sus fuerzas, hiriendo a un utharraptor y ensartando a uno de los androides más pequeños con un solo gesto.

—¡NO! —protestó Elena—. ¡No te dejaremos sola!

—Elena, recuerda. —Dani bajó del cuello de Ngari de un salto que sacudió el suelo y desestabilizó a varias máquinas y bestias—. Rescatar a Kahyla, devolver los amuletos, regresar a nuestro mundo y cerrar el portal para siempre.

—Ese era el plan —dijo Carla, escupiendo con su cerbatana dos certeros dardos tranquilizantes que aturdieron a un par de velocirraptores.

—Nosotros no somos los yajjilarii —añadió Lucas, lanzando su bumerán contra Jurra, Rakku y Xeffir, que estaban atacando al dacentrurus de una guerrera rhujaykán. Le temblaba el pulso. Le temblaba el cuerpo entero. Y le tembló la voz cuando dijo—: Solo hemos causado problemas. Tenemos que irnos.

Trasto se resistió cuando Lucas lo empujó a los pies de Kahyla, muerto de pena. A Dani se le escaparon unas lágrimas redondas como canicas cuando se abrazó a una de las patas de Ngari y se disculpó mentalmente por tener que separarse de ella.

Penélope organizó una escolta de rhujaykán, y buscó con la mirada un camino por el que pudieran escapar hasta la cueva. Enseguida encontró una vía despejada entre robots inactivos y cadáveres de dinosaurios. Junto al agua no había ningún robot, porque los destruía, ni ningún terópodo, porque la batalla se estaba librando en tierra.

Era su oportunidad de huir. Tenían que darse prisa.

—¡Vamos! —exclamó.

Carla, Dani, Elena, Leo y Lucas tragaron saliva. Se miraron en silencio, se quitaron los colgantes a la vez y los depositaron sobre la palma abierta de Kahyla. La centinela entreabrió los labios. Quiso decirles muchas cosas. Lo valientes que eran. El gran

233

honor que había sido entrenarlos y combatir a su lado. Lo mucho que había aprendido de ellos. Pero solo dijo:

—Ashkarté.

Ellos no respondieron.

No había tiempo.

—¡Vamos! —insistió Penélope. Dedicó un asentimiento a Kahyla antes de montarse con los chicos sobre el zuul curivastrator y ponerse en marcha.

Con ayuda de los guerreros rhujaykán que los rodeaban por todas partes, rechazaron a robots y bestias y se abrieron camino entre las cúpulas blancas para trepar ágilmente por las piedras mojadas hacia el portal.

Deberían haber tenido los ojos fijos en la cueva, pero todos miraban lo que dejaban atrás. Dani y Lucas lloraban y se abrazaban, consolándose mutuamente mientras se despedían de Trasto y Ngari. Agarrado de la mano de su tía, Leo no perdía de vista al profesor Arén, que volvía a tener pupilas de reptil y ayudaba a Najjal a dirigir a sus robots.

—Ese ya no es Osvaldo —dijo Penélope, dándole un apretón en los nudillos.

—Ni esta tampoco es Vega —murmuró Carla, decepcionada, mirando por última vez el rostro cruel de la ingeniera.

Elena parecía más entera. Miraba a Kahyla, sabiendo que esa sería la última vez que la vería. No quería llorar. Quería que la recordara fuerte. Pero notaba un dolor profundo en el pecho. Su corazón había perdido un trocito. Un trocito que se quedaría para siempre en Pangea.

Penélope los llamó y señaló el borde de la poza donde desembocaba la cascada.

—¡Dani no sabe nadar! —avisó Lucas cuando vio que la tía de Leo se preparaba para saltar al agua desde el lomo de Zuul.

—¡Entonces tendremos que bordearla! —exclamó Penélope. Al ver que volvían a dispararles, cubrió a los chicos con su cuerpo y tiró de ellos para que bajaran de la montura—. ¡Agachaos!

Penélope y los chicos corrieron hacia la cascada mientras los guerreros rhujaykán daban media vuelta para volver junto a Kahyla. La centinela debía escapar, poner los yajjaali a salvo.

Corregir el primer error que había cometido.

A pesar de la urgencia, Kahyla se detuvo un segundo. Quería ver por última vez a los falsos yajjilarii. Asegurarse de que llegaban a salvo al portal sagrado y lo cerraban para siempre.

Lo que vio, sin embargo, fue cómo la ingeniera tomaba un pesado cañón de manos de uno de los virzeg y trepaba veloz con sus patas de araña hacia el borde de la poza. Penélope y los falsos yajjilarii estaban de espaldas a ella en la entrada de la cueva.

No podían defenderse.

Kahyla se miró el pecho, y la luz de los seis yajjaali la deslumbró. Debía protegerlos. No podía volver a fallar.

Pero ellos la habían salvado. Habían vuelto para rescatarla.

—Yajjilarii de los ahuluna, ¡tienes que marcharte ya! —le gritó una guerrera rhujaykán, tendiéndole las riendas de su dacentrurus—. Son demasiados. ¡No podemos vencer!

Kahyla cogió las riendas. Montó en el dacentrurus y le dio una palmada en el cuello para ponerlo en movimiento. Pero, en lugar de ir río abajo, hacia la seguridad, lo dirigió río arriba, hacia la cascada.

No podía dejarlos morir.

Cegada por la ira, Vega Merón llegó a la poza y apuntó hacia la cueva. Tenía que disparar con cuidado: quería destruir a los niños, hacerles pagar por todo el dolor que le habían causado, pero no podía destruir la gruta.

Al otro lado estaba Zoic.

Al otro lado estaba su ejército.

Fue el repiqueteo de sus patas de araña sobre las rocas el que alertó a Penélope de que algo no iba bien. Cuando se volvió, la ingeniera estaba preparada para apretar el gatillo de un enorme cañón.

Ni siquiera tuvo tiempo de gritar, solo de ponerse delante de los niños.

En ese momento, la pequeña cabeza de un dacentrurus asomó por el borde de la poza. De su lomo saltó una figura de cabello rizado, con una luz azul brillante en el pecho. Kahyla se lanzó sobre la espalda de la ingeniera, la desequilibró y desvió el disparo hacia el saliente de piedra que había en lo alto de la cascada.

Hubo una explosión, y una avalancha de rocas se precipitó sobre ellas. Durante un momento, los niños las perdieron de vista entre aquella lluvia de piedras que aterrizaba en la poza, pero luego las vieron caer al agua como dos pesos muertos. En la superficie

de la poza se formó un remolino de burbujas en el que se distinguía un reflejo de color azul.

—¡Esss nuessstra oportunidad! —siseó Najjal—. ¡Yrro, Vikko! ¡Cubridme! Me ocuparé persssonalmente de losss niñosss.

El líder de los hombres-raptor se dispuso a avanzar, pero el profesor Arén se le abrazó a la pierna con las pocas fuerzas que le quedaban y el resplandor rojo del huevo ardiéndole en la mente.

—¡No! —lloriqueó.

—Dessspuesss te daré lo que te merecesss —escupió Najjal, fuera de sí. Se sacudió al profesor como si fuera una mosca y echó a correr a toda velocidad hacia la poza con la espada curva en la mano, seguido de Yrro y Vikko.

Horrorizados, los niños contemplaron la escena desde la boca de la gruta. Estaban tan cerca de escapar... Solo tenían que seguir corriendo, darle la espalda a todo aquel horror y volver a su mundo. Ya no podían hacer nada por Kahyla. No tenían poderes. No eran los centinelas.

Pero eran los culpables de que Pangea estuviera en peligro.

Kahyla había arriesgado su vida y el futuro de su mundo por salvarlos. Pero sus vidas no valían más que las de un mundo entero. Un mundo que, ahora lo sabían, debían proteger. Se miraron sin pronunciar una sola palabra, y se dieron cuenta de que todos estaban pensando lo mismo.

Penélope adivinó sus intenciones demasiado tarde.

—¡No! ¡Debemos volver a casa!

«Casa».

Aquella fue la última palabra que escucharon mientras daban media vuelta y bajaban corriendo por la pared de roca de la cascada. La última palabra que escucharon mientras volvían para rescatar a Kahyla, para recuperar los amuletos.

Y para aceptar su responsabilidad como centinelas de Pangea.

Capítulo 16

CENTINELAS DE PANGEA

Los segundos pasaban, y no veían que nadie se moviese en el agua.

—¡No sale! —gritó Elena—. ¡Se va a ahogar!

—¿Cómo se va a ahogar? —repuso Carla—. ¡Pero si es la centinela del agua!

—¿Igual porque le ha caído encima una roca así de gorda? —intervino Lucas, abriendo mucho los brazos.

—¡Tenemos que hacer algo! —gritó Leo, impaciente—. ¡Nos están rodeando!

Dani apretó los puños. Aunque Elena lo negara, era el más fuerte de los cinco. Si conseguía encontrar a Kahyla y su amuleto, podría mover la piedra que la tenía atrapada y sacarla a la superficie. Si no...

—Voy a por ella.

—¡Pero qué dices! —Lucas le agarró de la armadura, preocupado—. ¡Si no sabes nadar! Seguro que podemos...

—No necesito nadar —dijo el gigante, cogiendo aire—, solo hundirme.

Dani cayó a plomo en el agua y se hundió en las profundidades como una roca más. Elena comprendió enseguida lo que pretendía hacer, y también que necesitaban ganar tiempo para que pudiera lograrlo. Cogió del suelo el cañón de la ingeniera, lo apoyó sobre un montón de rocas, y empezó a disparar contra los robots que se les acercaban.

—¡Es hora de patear unos cuantos culos de metal! —rugió.

Carla rodó detrás de una roca y se puso a lanzar dardos contra los dinocíborgs que se acercaban por el otro lado. Leo y Lucas, por su parte, levantaron las rocas más grandes que encontraron y las lanzaron pendiente abajo contra sus atacantes, que no tenían más remedio que huir para no ser aplastados.

—¡Son demasiados! —gritó Carla, esquivando por los pelos un rayo aturdidor—. ¡No aguantaremos mucho más!

—¡Dani lleva demasiado tiempo ahí abajo! —gritó Lucas, agachándose para evitar que una red lo atrapara.

—¡Leo, ocúpate del cañón!

Elena corrió hacia el borde de la poza mientras Leo ocupaba su lugar. No pensaba dejar que Dani se ahogara. Ya estaba extendiendo los brazos para tirarse de cabeza cuando, de pronto, la superficie burbujeó y salió disparado un chorro de agua, como un géiser. En lo alto estaba Kahyla.

Un destello azul brilló en su pecho mientras aterrizaba en tierra firme y dejaba a Dani en el suelo. En el cuello del gigante brillaba una luz verde. Lucas corrió hasta él y lo abrazó con todas sus fuerzas.

—¡Lo has conseguido! —exclamó.

—No pienso volver a ponerme en remojo en mi vida... —tosió Dani.

—Habéis vuelto a por mí —dijo Kahyla, con los ojos húmedos. Estaba magullada y llena de heridas, pero parecía inmensamente feliz—. Otra vez.

—Es que te hemos dejado sola un momento y el asawa está hecho un desastre, la verdad —bromeó Carla.

Kahyla sonrió.

—Entonces ayudadme a restaurarlo... —dijo, abriendo la mano—, yajjilarii.

Los amuletos brillaron en el pecho de los centinelas de Pangea justo cuando la imponente silueta de Najjal caía sobre ellos con la espada curva en alto.

—¡¡¡Losss yajjaali ssson míosss!!! —siseó el líder de los rajkavvi, cortando el aire junto al rostro de Kahyla. Yrro y Vikko fueron a por Carla, Dani y Leo.

—¡Nunca han sido tuyos! —le desafió Kahyla—. Pertenecen a Tebel.

—Eresss tan sssoberbia como Akamu. Y morirásss sssola, igual que él.

A Kahyla le flojearon las rodillas al escuchar el nombre de su padre. Najjal intentó clavarle su espada curva, pero solo consiguió herirla en un brazo. Levantó el arma para dar el golpe definitivo y la descargó con todas sus fuerzas contra la centinela.

Un rugido estuvo a punto de reventar los tímpanos de Najjal. Su arma se había detenido y chirriaba, metal contra metal, contra una espada curva como la suya.

—No está sola —dijo Elena, y volvió a rugir.

Najjal no la había visto llegar. Ni siquiera la había oído. Pero allí estaba, frente a él, pequeña e inmensa al mismo tiempo, toda garras y dientes afilados.

Najjal tuvo que apartar la vista: el yajjaali brillaba de un rojo tan intenso en el pecho de la niña que, por un instante, pensó que le sangraban los ojos.

Los cerró.

Y ese segundo de debilidad fue fatal para él.

—¡NO TOQUES A MI HERMANA! —gritó Lucas, embistiéndole con su fuerte cráneo de paquicefalosaurio.

Najjal cayó de espaldas junto al borde de la poza. Sorprendidos por la fuerza y resistencia de aquellos niños, Yrro y Vikko corrieron para ayudar a su líder. Lucas aprovechó para proteger con su escudo a Kahyla y Elena, y los tres se alejaron de los hombres-raptor. Se reunieron con Carla, que había cruzado la poza llevando a cuestas a un Dani todavía mareado. Leo fue el único que se quedó en su sitio, aplastando robots con su maza y esquivando las dentelladas de los terópodos.

Él trataba de proteger otra cosa.

—¡Ven con nosotros! —le gritó a su tía, que seguía bajo la cascada.

Pero Penélope tenía la vista fija en la entrada de la cueva. A través de la cascada, empezaban a intuirse los reflejos metálicos de un sinfín de robots listos para unirse a la batalla.

—¡Vienen más! —advirtió ella. Giró la cabeza, buscando algo y, cuando lo encontró, echó a correr—. ¡Tengo que detenerlos, y creo que sé cómo hacerlo!

Leo siguió la mirada de su tía hacia el lugar donde el profesor Arén gritaba a la ingeniera, que estaba inconsciente. El profesor había aprovechado la confusión para sacarla del agua, y ahora trataba de reanimarla entre las sacudidas descontroladas de sus patas metálicas. Las pupilas del profesor ahora eran redondas. Quizá Osvaldo Arén, el Aldo que Leo conocía, siguiera allí, en alguna parte. Eso parecía pensar su tía, que saltó ágilmente sobre las rocas para llegar hasta él. Cuando pasó a su lado, Leo la llamó con un silbido y le lanzó la maza de su armadura ceremonial.

—¡Toma! ¡Vas a necesitarla!

—¿Y tú? —preguntó Penélope.

—Yo tengo esto —respondió él, atravesando con sus puños, duros como mazas de tireóforo, la armadura de uno de los robots de Zoic.

Penélope y Leo se sonrieron. Tenían que volver a separarse y no sabían si se volverían a ver. Pero, al menos, ahora podían decirse adiós. Y prefirieron no hacerlo llorando.

Mientras su tía se alejaba, Leo se abrió paso a cabezazos y puñetazos, sin distinguir si los que se interponían en su camino eran robots o dinocíborgs.

—Son demasiados —jadeó, reuniéndose con sus compañeros—. Y vienen más.

—No nos habíamos dado cuenta... —comentó Carla, con sarcasmo. Señaló hacia el río con una de las alas de su traje.

Allí, los robots los esperaban con sus armas y los carnívoros con las fauces abiertas.

—No podemos regresar a la jungla... —dijo Kahyla, mirando alrededor.

—Ni tampoco a casa —terminó Dani, volviendo la vista hacia la boca de la cueva, de la que ya empezaban a asomar las armaduras robóticas de los soldados de refuerzo.

Najjal se plantó delante de ellos, montado a lomos de un gigantesco torvosaurio y acompañado por Jurra, Rakku y Xeffir, armados hasta los dientes. Tenía el rostro magullado y un brazo torcido en una posición muy dolorosa, pero sonreía.

—No tenéisss sssalida, yajjilarii —pronunció la última palabra con ironía—. Pronto losss rajkavvi ssseremosss invenciblesss —miró a Elena—, una raza sssuperior que dominará ambosss mundosss.

La risa de Najjal les heló la sangre en las venas.

Y los cañones del torvosaurio zumbaron, preparados para disparar.

* * *

Cuando el rostro de Penélope apareció a su lado, Osvaldo Arén pensó que estaba soñando. Al instante, se tapó con la mano, avergonzado. No quería que ella lo viera así. Había cambiado tanto que ya casi no se reconocía. Ella le cogió la mano con suavidad y lo llamó por su nombre.

—Aldo, sé que todavía estás ahí —le dijo—. Ayúdanos. Tú puedes pararlos.

El resplandor rojo del huevo le nublaba la mente, pero supo lo que tenía que hacer. Mientras Penélope lo protegía con la maza de Leo, el profesor manipuló los cables y mecanismos de las piernas metálicas de Vega. La ingeniera también había cambiado mucho, pero estaba seguro de que su cuerpo estaría conectado al del resto de los robots. Para dirigirlos, para liderarlos, para no perder el control.

El profesor levantó un panel, conectó y desconectó cables, apagó interruptores. Hubo una chispa y una luz roja se apagó en aquel laberinto de circuitos.

Todos los robots se detuvieron.

—No... durará... mucho tiempo... —advirtió Osvaldo Arén.

El resplandor rojo del bayrad llenó su mente de nuevo. Antes de desmayarse, vio que Penélope volvía a mirarlo como siempre, con orgullo, con cariño.

Como a un ser humano.

* * *

El ejército de robots de Zoic se había detenido a la entrada de la cascada y los añadidos tecnológicos de los rajkavvi también habían dejado de funcionar. Durante unos segundos, todos miraron alrededor, confusos.

—¿Se han estropeado solos? —preguntó Lucas, sin entender nada.

—No... Solos, no.

Leo miró hacia el lugar donde su tía le sonreía. Estaba abrazada a aquel ser que una vez había sido su profesor y amigo. Después de todo, Aldo no los había abandonado.

—¡NO! ¿QUÉ ESSSTÁ PASSSANDO? —rugió Najjal, Sus ojos también se clavaron en el profesor—. ¡ESSS CULPA SSSUYA!

Vikko sintió el impulso de defender a Osvaldo, pero se dio cuenta de que era tan inútil como peligroso.

Kahyla supo que aquella era su única oportunidad. Se deslizó junto a Elena y se arrodilló frente a ella.

—Yajjilarii, los rajkavvi son necesarios para mantener el asawa. Que sean depredadores no los convierte en malvados —le dijo, mirándola a los ojos—. Son criaturas de Tebel, como las demás, y tú eres su yajjilarii, ¿lo entiendes?

Elena lo entendió a la perfección.

El corazón le latía a toda prisa, y respiraba agitadamente. Cerró los ojos y su diente brilló como si sangrara. Abrió la boca y de su garganta brotó un rugido que hizo temblar la jungla entera. Todos los terópodos del ejército de Najjal respondieron rugiendo a la vez.

—¡NO ESSS POSSSIBLE! —aulló Najjal, fuera de sí.

Entre los carnívoros reinaba la confusión. Se quedaron donde estaban, sin saber si debían hacer caso de las promesas de conquista de su líder, o de las tranquilizadoras palabras de su nueva yajjilarii. El torvosaurio que montaba Najjal se sacudió, lo tiró al suelo y luego forcejeó para arrancarse los añadidos robóticos que llevaba puestos. Los demás terópodos lo imitaron.

—¡Muy bien, hermanita! —Lucas le apretó la mano—. ¿Puedes con ellos?

Ella abrió los ojos. Sus pupilas eran alargadas, pero su mellizo no sintió miedo.

—No sé... durante... cuánto tiempo —siseó con los colmillos apretados.

Najjal ya se había recuperado de la caída y también parecía concentrarse. A su lado, el jorobado Yrro pronunciaba extrañas palabras y cánticos como los que había usado en Juppankai. Elena estaba en tensión.

Kahyla la miró con un profundo respeto.

—¡Aguanta, yajjilarii! —la animó, apretándole el hombro.

Elena se sintió tan orgullosa que estuvo a punto de perder la concentración. Kahyla se volvió hacia los demás.

—Yajjilarii, debemos proteger Tebel —dijo. Señaló adelante, donde Elena y Najjal luchaban mentalmente por el control de los terópodos, y luego hacia la gruta, donde los androides de Zoic empezaban a reaccionar.

—Pero nosotros solo somos cinco, y ellos son... —Lucas meneó los dedos de ambas manos, como si estuviera contando—. ¡Infinitos!

—Tenemos que cerrar el portal —comprendió entonces Leo.

—Para ellos y para nosotros... —murmuró Dani.

—Ahora somos los yajjilarii —terminó Carla—. Es nuestro deber.

Kahyla tragó saliva y se limpió las lágrimas disimuladamente antes de que los niños la vieran llorar. Por primera vez en mucho tiempo, se sentía acompañada. La tahulu tenía razón: no podía hacerlo todo sola.

Recorrió con la vista el desastroso campo de batalla, y sus ojos se posaron sobre el montón de barriles metálicos que estaban apilados junto a una de las cúpulas blancas.

—¡El agua de fuego! —señaló, mirando a sus compañeros.

—¡Kahyla tiene razón! —La cresta de Lucas se puso tiesa—. Tengo una idea.

Los amuletos brillaron como estrellas y, sin necesidad de decir una sola palabra, todos entendieron al instante cuál era el plan del centinela yiaulú.

Lucas extendió la mano. Carla puso rápidamente la suya encima y lo miró con una sonrisa. El resto de manos no tardaron en unirse a las suyas y elevarse en el aire con un grito:

—¡Jurásico Total!

Y los yajjilarii se pusieron en acción.

Kahyla se lanzó como un rayo contra Najjal, justo cuando este trataba de alcanzar a Elena con su espada curva. Dani hizo bocina con las manos y llamó a Ngari con una especie de mugido. La joven giraffatitán corrió a su lado y se colocó entre ellos y el resto de los rajkavvi mientras agitaba su cola en el aire. Lucas cogió a Leo en brazos y aprovechó su velocidad de hipsilofodonte para transportarlo todo lo deprisa que pudo hacia el lugar donde estaban los bidones de combustible. Fijó sobre ellos la bola chamuscada que una vez había sido Bibot y lo activó. Para entonces, Trasto ya había abierto un agujero en un bidón con sus pequeños cuernecitos.

Del agujero brotaba un hilillo de combustible.

Esquivando disparos y dentelladas, Carla sobrevoló la poza y aterrizo junto a Penélope y el profesor Arén.

—Tengo que ponerles a salvo —empezó a explicar—, vamos a....

—Lo sé —dijo Penélope, recogiendo del suelo un arma robótica.

Carla asintió y, cogiéndolos a los dos, se elevó por el aire con rapidez. Cuando Leo vio que estaban a salvo, lejos de la cascada y del portal, levantó en el aire el montón de bidones de combustible y cogió impulso.

Nunca había levantado tanto peso.

Miró a Carla, que volaba por el aire con su elegancia natural. Miró a Dani y a Ngari, que los protegían a todos con sus enormes cuerpos. Miró a Lucas y Trasto, que activaron a Bibot y corrieron hacia la poza. Miró a Elena, que mantenía a raya a los enormes carnívoros con todas sus fuerzas. Miró a Kahyla, que lo había dado todo por ellos. Miró a Aldo, que le devolvía la mirada como el hombre bueno que él conocía.

Leo lanzó los bidones con todas sus fuerzas, y dedicó la última mirada a su tía Penélope. Al final lo había conseguido, la había encontrado.

No le había fallado.

Penélope tampoco falló. Con las dos manos, sostuvo el arma robótica y siguió la curva que los inmensos bidones dibujaron en el aire sobre la poza. Cuando vio que caían en el lugar donde estaba el portal a su mundo, a casa, apuntó hacia el pequeño Bibot y disparó.

Todos cerraron los ojos.

Y una bola de fuego llenó el aire.

***

La explosión fue comparable al impacto de la piedra de fuego que dividió Ablam en dos mundos. Antes de que la cortina de llamas los cegara, antes de que el estallido de roca les reventara los tímpanos, antes de que la cascada se desbordara sobre ellos e inundara el valle, el tiempo les concedió un segundo.

Un segundo para un último pensamiento.

Carla aleteó, asustada, y la explosión la empujó alto, muy alto, lo más alto que había volado nunca. Mientras caía, se dio cuenta de que no lamentaba nada y dedicó un último vistazo a aquel chico de gafas y cresta rubia que siempre había sido bueno con ella. Decidió que lo echaría de menos.

Penélope cayó al suelo y se arrastró hacia su sobrino. Leo tuvo el mismo impulso, y sus manos se entrelazaron un segundo, antes de que el agua de la cascada los arrastrara hacia la poza.

Vega abrió los ojos, contempló sus inútiles patas metálicas y se maldijo por no haber previsto aquel contratiempo.

Elena abrazó a Lucas, con Trasto entre ambos, como no lo había hecho desde que compartieron espacio en el vientre de una de sus madres. Mientras le devolvía el abrazo a su hermana, Lucas miró al cielo, a Carla, y lamentó no haber tenido el valor para decirle lo que sentía.

Osvaldo suspiró, aliviado, cuando el estruendo ahogó la voz del huevo rojo, dándole paz por fin.

Dani acarició y consoló a la asustada Ngari hasta que los dos salieron despedidos por los aires y todo se volvió negro.

Najjal, Yrro y Vikko rugieron de terror al darse cuenta de que las rocas caían en avalancha sobre ellos. Ya no se sentían seres superiores sino simples mortales.

Kahyla esperó que aquel sacrificio compensara todos los errores que había cometido. Y esperó que con el tiempo varay y avroy, humanos y animales, supieran.

Supieran que los yajjilarii habían salvado Tebel.

Epílogo
LA LEYENDA DE LOS YAJJILARII

La tahulu de los dayáir cerró los ojos para disfrutar del azote del viento en el rostro. Siempre llevaba el pelo recogido en un moño, pero aquel día decidió soltárselo para que flotara libre. Hacía mucho que no salía a volar, y por un momento temió haber olvidado cómo hacerlo. Pero en cuanto montó a lomos de su kaintuli, la gigantesca hembra de quetzalcoatlus a la que llamaba Nyn, su miedo desapareció.

El aire era su medio natural.

Había nacido para cabalgarlo.

—Me siento como si hubiera rejuvenecido ciento cincuenta lunas —le dijo a Nyn cuando atravesaron la primera nube.

Y, aunque el mensaje que tenía que entregar era urgente, ambas dieron un gran rodeo. Se entretuvieron en la cordillera que hacía de frontera entre el territorio de los dayáir y los yiaulú, subiendo y bajando sobre las cimas nevadas.

Su visita no había sido anunciada. Su plan era aterrizar a primera hora de la madrugada para no alarmar demasiado a los habitantes de Chenshi, pero cuando Nyn finalmente tomó tierra había más de cincuenta curiosos esperándola.

—Imma, ¿ha venido desde Ybby para visitarnos? —preguntó a su madre una niña que sujetaba las riendas de un pentacerátops adulto.

El animal de poderosa cresta llevaba en el lomo un complicado mecanismo de cañas de bambú que servía para cosechar cereales con menor esfuerzo. Su madre le palmeó en el lomo y murmuró:

—Si la tahulu de la ciudad flotante viene en persona, es que los rumores son ciertos.

Madre, hija y todos los habitantes de Chenshi reunidos allí guardaron silencio cuando la altísima y delicada anciana, vestida con una preciosa capa alada, bajó de aquel quetzalcoatlus que era mucho más grande que un ejemplar normal.

—¿Podéis dar de beber a Nyn? El viaje ha sido muy largo —preguntó a uno de los jóvenes yiaulú—. Pero, por favor, hacedlo al aire libre. Los dayáir...

—... no soportan las jaulas —terminó por ella una voz chillona.

La tahulu de los dayáir se volvió hacia aquella voz que conocía bien. Su dueño era un anciano tan viejo como ella misma, que montaba a lomos de un majestuoso y enorme paquicefalosaurio. Tenía el cabello largo como ella, y lucía un bigote y una barba densos. El hombre se bajó del paquicefalosaurio y se acercó a la tahulu.

—Tamudri yiaulú —saludó ella, con una reverencia.

—Tahulu dayáir —dijo él, haciendo lo mismo.

Pasadas las formalidades, se abrazaron como los viejos amigos que eran y se contemplaron con los ojos húmedos.

—¿Me acompañarías a dar un paseo hasta el templo?

—Será un placer —contestó ella.

El anciano la guio lejos del corro de curiosos hacia un edificio alto y estrecho terminado en un tejado puntiagudo. Tenía varias plantas, cada una con su propio tejadillo de esquinas curvadas hacia fuera. Los

dos conversaron animadamente hasta llegar a las escaleras del templo.

—Tahulu, no has cruzado la cordillera para hablarme de lo próspero que es el comercio en Ybby, ¿verdad? —preguntó el anciano.

—No —respondió la mujer—. Los guerreros rhujaykán nos han traído noticias. Al principio no quisimos creerlos, pero...

—Pero la jungla habla. Y la jungla nunca miente.

La tahulu asintió.

—¿Entonces los yajjaali han sido encontrados? —quiso saber el tamudri—. Pensaba que la hija de Akamu los había escondido.

Ella no le respondió directamente.

—Los portales están abiertos. Los varay de Lembel han entrado en nuestro mundo.

El anciano se detuvo en las escaleras, asombrado.

—¿Las leyendas son ciertas?

—Sí —confirmó la tahulu—. Los rhujaykán cuentan que cinco niños entraron por los portales y reclamaron los yajjaali. Ahora ellos son los yajjilarii.

—La jungla habla de que ellos no fueron lo único en entrar a Tebel.

—No. Una mujer trajo consigo un ejército de virzeg destructores. Y un hombre prisionero de Najjal ha convertido a los rajkavvi en guerreros invencibles.

—Esos forasteros han traído la desgracia a Tebel —murmuró el anciano.

—Cierto —intervino la mujer—. Pero la tahulu de los ahuluna hizo que la hija de Akamu los entrenara. Han derrotado a los siervos de Najjal, y también a los virzeg. Pusieron su vida en peligro para proteger Tebel.

—¿Entonces se ha restablecido el asawa? —preguntó el hombre, esperanzado.

La tahulu calló un momento.

—Es pronto para decirlo.

—No sabes si los yajjilarii han sobrevivido, ¿verdad?

—**Las voces de la jungla no han callado** —respondió ella, misteriosa—. **Para saber la respuesta a esa pregunta, tendremos que seguir escuchándolas.**

GLOSARIO DE LA LENGUA DE PANGEA

Ablam: mundo único antes de la caída del meteorito que provocó la extinción de los dinosaurios en nuestro mundo.

Ahuluna: clan de los plesiosaurios.

Arahere: compañero de vida del jefe o la jefa del clan de los plesiosaurios.

Asawa: equilibrio.

Ashkarté: gracias.

Avroy: dinosaurio.

Bayrad: huevo/s de poder.

Bogáish: compañero de vida del jefe o la jefa del clan de los tireóforos.

Chensi: capital del territorio del clan de los ceratopsios.

Dayáir: clan de los pterosaurios.

Dyarevny: capital del territorio del clan de los tireóforos.

Cubashka: clan de los tireóforos.

Imma: mamá.

Juppankai: antigua capital del territorio del clan de los terópodos, actualmente abandonada.

Kaintuli: compañero de vida.

Kijihelani: capital del territorio del clan de los saurópodos.

Lembel: nuestro mundo.

Maymnami: clan de los saurópodos.

Parajjani: guerra de los Seis Centinelas.

Rajkavvi: clan de los terópodos.

Rhujaykán: jinete del clan de los tireóforos.

Silaj: arma ceremonial.

Tahulu: jefa del clan.

Tamudri: jefe del clan.

Tazhlán: capital del territorio del clan de los plesiosaurios.

Tebel: Pangea.

Varay: humano.

Virzeg: fantasma sin alma (robot).

Yajjaali: amuleto, diente de poder.

Yajjilarii: centinela.

Ybby: capital del territorio del clan de los pterosaurios.

Yiaulú: clan de los cerápodos.

Zamtaali: tótem de piedra.

AGRADECIMIENTOS

SARA:

Cuando Paco y yo nos conocimos, a finales del verano de 2017, Pangea (podemos seguir llamándola así, aunque conozcamos su verdadero nombre) era una semilla diminuta que no sabíamos muy bien dónde plantar, con cuánta frecuencia regar, ni qué frutos daría. Un año y medio y mucho trabajo después, floreció en un universo sobre el que aún hay muchas historias que contar, aunque de momento este libro sea el cierre de una de ellas. Crear y cuidar de este mundo ha sido un proceso apasionante, y que vosotros hayáis podido adentraros en él ya tres veces es una labor que hay que agradecer a muchas personas.

Al primero que quiero dar las gracias es a Paco, porque que este equipo que formamos saliera bien era una lotería, pero la fuerza de los bayrad ha querido que nuestras mentes hayan estado alineadas en todo momento. Gracias por todo lo que me has enseñado sobre paleontología y dinosaurios, por contar conmigo para todos los saraos, por el entusiasmo y las risas, por lo fácil que es todo contigo aunque las circunstancias no lo sean tanto. Aparte de los tres pequeños que hemos incubado juntos, lo mejor que me llevo es la complicidad y la amistad que hemos ido forjando. Espero que esta historia en tres partes sea la primera de las muchas que contemos juntos.

Al segundo que quiero dar las gracias es a Nacho, artista de entusiasmo infinito sin el que Pangea no habría tomado la forma que tiene. Tus dibujos hacen que este mundo cobre vida, y ver a los peques alucinar siendo testigos de cómo creas criaturas increíbles en cuestión de segundos en las firmas de libros ha sido una de las cosas más bonitas de toda esta experiencia. Que los lápices te lleven muy muy lejos, y muy muy alto, porque te lo mereces. *#JurassicTeam forever.*

Todos los que nos han apoyado incondicionalmente también se merecen un gracias colosal como un giraffatitán: Laia, Marta, Carlota y Laura, nuestras primeras y más críticas lectoras; Javi, que fue quien nos regaló la semilla de Pangea; Iñaki, el mejor *community manager* de este mundo y todas sus realidades alternativas; Taty (y Atreyu), que nos han acompañado en casi todas nuestras trastadas jurásicas; Elena, que confía tanto en nosotros que nos da siempre el *prime time* en Serendipias; Suchi, librerosaurio que convirtió su Delirio en una jungla para nuestras criaturas; Alicia, culpable de que en su madriguera de las maravillas de Parla haya un pequeño club de dinofans; Angélica, Mónica, Mireia y Raúl que, por llevarnos por partida doble a Logroño, se merecen unas instalaciones paleontológicas dignas de Zoic; el equipo de Geosfera por sacarnos una sonrisa y regalarnos unas réplicas de fósiles alucinantes una accidentada mañana de sábado; a Maite y a Arturo por un fin de semana «total» en Alpuente; el PaleoTeam de la Facultad de Ciencias Biológicas de Valencia por la presentación más concurrida de la historia de Pangea; Óscar y Adri por su pasión en las artes de la lectura y el *shippeo;* David y Lucía de Bartleby, porque una de las actividades más bonitas fue en su librería gracias también a la fantástica Ana, que nos hizo sentir en casa.

A Jesús siempre lo dejo para el final, pero es que a él no solo tengo que darle las gracias. De hecho, no puedo dárselas. Para lo que le debo, habría que inventar un concepto nuevo. Quizá nos valga *ashkarté*, en lengua de Pangea. *Ashkarté* por regalarme tan generosamente tus ideas de oro; por tus detallados mapas por los que luego yo me pierdo con mi brújula; por comenzar a leer con verdadera ilusión todo lo que escribo; por decirme siempre, siempre, siempre la verdad, aunque duela. Escribo para ti y gracias a ti desde hace más de ciento cincuenta lunas. Espero que me dejes seguir haciéndolo todas las que nos quedan.

Y a vosotros, valientes exploradores que os habéis atrevido a cruzar por tercera vez la puerta de Pangea (aunque ya conozcamos su verdadero nombre), gracias totales. Sin vosotros, esto no tendría sentido. Habéis sido unos magníficos compañeros de viaje.

Nos vemos pronto, en estas u otras páginas.

Francesc:

Escribir un libro ya parecía una gran aventura. ¡Imaginaos una trilogía! Suele decirse que el tiempo vuela cuando se disfruta, y dar forma a estos tres libros con mi «Jurassic Team» es un ejemplo perfecto. Porque trabajar codo con codo con Sara y Nacho ha sido un placer y un disfrute. Siempre lo cuento en las presentaciones y charlas que hemos dado pero no me canso de repetirlo. He tenido mucha suerte de los compañeros que me han tocado en esta aventura. Tenemos ideas muy parecidas, hemos visto las mismas películas, leído los mismos libros... Incluso tenemos un humor muy parecido. Así ha sido fácil dar forma a esta tercera aventura y a las anteriores. Gracias, Sara y Nacho, porque me habéis hecho disfrutar mucho de cada momento de escritura y creación de este mundo.

A todos los que estáis leyendo estos libros y compartiendo vuestra experiencia en Pangea. ¡Gracias por vuestro apoyo a un proyecto tan poco convencional! Nos ha sorprendido muy gratamente que los mayores estén animándose a leerlos tanto como los pequeños. Y es que en Pangea cabemos todos. Así que, una vez más, gracias.

Y no puedo dejar de agradecer a mi familia y amigos por seguir apoyándome en cada uno de mis proyectos, a pesar de que se me vea menos el pelo por estar tan ocupado. Gracias por tanta paciencia, siempre.

Nacho:

Haber podido ilustrar Jurásico Total en estos tres números ha sido todo un sueño.

En primer lugar, quiero agradecer a Manuel que se pusiera en contacto conmigo para trabajar en el proyecto y a todo el equipo de Penguin Random House por su confianza en mí.

Gracias a Sara y a Paco por haber escrito algo tan molón, didáctico y épico en tan poco tiempo, y por haber hecho que disfrute y aprenda tanto dibujando criaturas que me han fascinado tanto desde pequeño. Ha sido toda una aventura coincidir con vosotros y estoy seguro de que seguiremos haciendo más proyectos juntos. Pero sobre todo me alegro de haberos conocido y de haber podido pasar tan buenos ratos. Me enorgullece que mi nombre esté junto al de dos grandes personas como vosotros.

Muchas gracias a mi familia por haber hecho que pueda hacer de mi pasión mi profesión. A mi madre y a mis hermanas por apoyarme e ilusionarse cada vez que me sale un proyecto, y a mi padre por haber sido el motor que me impulsó a crecer y mi mejor tamudri; mis triunfos son los tuyos.

Y por último gracias a Taty, la persona que me aguanta día a día con la fuerza de un terópodo, la que colorea mis días cuando están grises y que me anima a perseguir mis sueños siempre. Sin ella no habría podido acabar esta aventura jurásica para empezar una nueva que nos llevará a otro portal lleno de maravillas, fantasía y momentos inolvidables con el pequeño A.

¿QUIERES SABER CÓMO EMPEZÓ TODO?

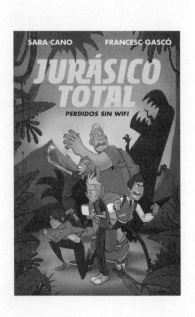

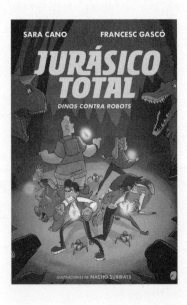